AUTEURS CÉLÈBRES

60 c

André THEURIET

LUCILE DÉSENCLOS

ERNEST FLAMMARION, Éditeur.
26, rue Racine, PARIS

LUCILE DÉSENCLOS

OUVRAGES DU MÊME AUTEUR

BIBLIOTHÈQUE CHARPENTIER A 3 FR. 50 LE VOL.

MADEMOISELLE GUIGNON (4e mille) . . . . 1 vol.

LE MARIAGE DE GÉRARD suivi de UNE
ONDINE (5e mille) . . . . 1 vol.

LA FORTUNE D'ANGÈLE (3e mille) . . . . 1 vol.

RAYMONDE suivi de LE DON JUAN DE VIRE-
LOUP (5e mille) . . . . 1 vol.

LE FILLEUL D'UN MARQUIS (Nos enfants)
(4e mille)'. . . . . 1 vol.

LE FILS MAUGARS (Nos enfants) (4e mille). 1 vol.

TANTE AURÉLIE (Nos enfants) (9e mille). . 1 vol.

TOUTE SEULE (5e mille) . . . . 1 vol.

MADAME HEURTELOUP (La Bête noire) (Nos
Enfants) (5e mille) . . . . 1 xol.

HÉLÈNE (Nos Enfants) (11e mille) . . . . 1 vol.

SOUS BOIS (5e mille) . . . . 1 vol.

LE JOURNAL DE TRISTAN (3e mille) . . . . 1 vol.

L'AFFAIRE FROIDEVILLE (8e mille) . . . . 1 vol.

GERTRUDE ET VÉRONIQUE (5 mille) . . . . 1 vol.

ANDRÉ THEURIET

LUCILE DÉSENCLOS

UNE ONDINE

PARIS

ERNEST FLAMMARION, ÉDITEUR

26, RUE RACINE, 26

LUCILE DÉSENCLOS

I

Au sortir de la petite ville de Saint-Clémentin,
en remontant la rive gauche de la Charente, on
rencontre au bout d'un quart d'heure le hameau
de l'Hermitage, où la route se divise : l'un des
chemins se prolonge à travers les prés ; l'autre,
pierreux et montant, escalade la colline et con-
duit au moulin des Ages. A cet endroit, la vallée
s'évase mollement, les coteaux opposés semblent
s'être reculés pour laisser le champ libre à la
rivière, dont les eaux lentes décrivent une longue
courbe entre deux rangées d'aulnes et de saules.
A droite et à gauche s'étendent des prés à l'herbe
drue ; de grandes haies les séparent, et tout à
travers, des sentiers s'enfoncent, ombragés de
noyers trapus ; les uns mènent à la rivière, les

autres vont aboutir à quelque *borderie* précédée
de figuiers noueux et de tonnelles de vigne qui
lui font comme un vestibule de feuillée. En amont,
du côté des Ages, la vallée paraît close par un
fouillis d'arbres de toute taille et de toute essence;
en aval, l'horizon est borné par des peupliers, au-
dessus desquels se montrent les pignons dentelés
et les tourelles aiguës de Saint-Clémentin. C'est
un frais paysage, doux à contempler, surtout au
printemps, quand la lumière jeune et gaie s'har-
monise avec les pousses nouvelles et les bouquets
blancs de l'aubépine.

Tel devait être le sentiment d'un voyageur qui
suivait à cheval, un soir de mai, le sentier abrupt
de l'Hermitage, car il s'était arrêté sur la crête
du coteau, et renversé sur sa selle, les narines
dilatées comme pour mieux aspirer les émana-
tions printanières, les yeux largement ouverts
comme pour embrasser d'un seul regard tout
l'horizon, il semblait possédé par une émotion
joyeuse. Chaudement éclairés par le soleil couchant, le cavalier et sa monture se profilaient
sur l'horizon. La bête, assez mal harnachée,
tenait le milieu entre le cheval de selle et le
cheval de labour. Le cavalier, svelte, mince,
vêtu avec une certaine élégance, pouvait avoir
vingt-huit ans. Il était blond; ses yeux, d'un bleu

très foncé, exprimaient une tendance à la rêverie
plutôt qu'à l'action ; ses traits délicats manquaient
d'énergie et portaient l'empreinte d'une sorte de
fatigue résignée. Il jetait à la vallée de ces regards
qu'on a pour un ami retrouvé après une longue
absence. Les toits gris de la ville, les vergers en
fleur des *borderies*, les prés, où l'herbe s'agitait
mollement, les eaux de la rivière, que les hiron-
delles effleuraient d'une aile rapide, semblaient
avoir une vieille et douce histoire à lui conter.
Tout à coup son attention, jusque alors incer-
taine et flottante, parut se fixer curieusement sur
un pli de terrain où, à cent pas de lui, une source
ombragée de vieux saules s'était creusé un réservoir.

Là, dans l'herbe épaisse, s'agitait un personnage
dont la mine et l'occupation parurent intéresser
particulièrement le voyageur. Guêtré jusqu'à mi-
jambes, vêtu d'une redingote brune, il était age-
nouillé sur la pelouse et fouillait ardemment le
sol, à l'aide d'un outil qui tenait de la bêche et de
la spatule ; à côté de lui, une boîte de fer-blanc
de forme oblongue scintillait au soleil couchant et
s'entre-bâillait, laissant voir des plantes fraîche-
ment cueillies. Il avait rejeté son chapeau de paille
en arrière, et, comme il se trouvait à peu de distance, le voyageur pouvait saisir le jeu de sa phy-

sionomie mobile et passionnée. — Son front haut
et dégarni, son œil petit et vif, son nez d'aigle et
ses lèvres spirituelles, tout chez lui était en mouvement. Sa figure longue avait, sous le hâle et
malgré les négligences d'une toilette un peu rustique, une expression fine et distinguée. Il était
grand, maigre, et paraissait encore vert et vigoureux, bien qu'il approchât de la cinquantaine. Au
bout de quelques instants, il déterra avec mille
précautions une plante terminée par un oignon,
et alors ses traits exprimèrent une satisfaction
complète ; ses lèvres sourirent, ses yeux scintil-
lèrent. Avec une vivacité nerveuse, il chercha
dans sa redingote une loupe et examina minu-
tieusement sa trouvaille, qu'il enferma ensuite
avec soin dans l'étui de fer-blanc ; puis il se
frotta les mains, jeta prestement la boîte sur son
épaule, et, descendant le coteau d'un pas allègre,
disparut derrière les haies d'aubépine.

Après être resté encore absorbé dans sa contemplation, le voyageur talonna son cheval,
longea de maigres champs de blé noir et de *ga-*
rouil (maïs) et s'enfonça sous une châtaigneraie
terminée par une vaste brande couverte d'ajoncs
et de bruyères. Le jour tombait ; à mesure que le
soleil descendait vers les arbres, le murmure lointain de la rivière semblait grandir ; une voix de

pâtre, à l'autre extrémité de la brande, chantait sur un ton lent et mélancolique une vieille ballade très populaire dans l'Ouest :

Le beau soldat de guerre
Revient,
Revient droit chez son père :
Bonjour, mes père, mère,
Frères, sœurs et parents.
Et où est donc ma mie,
Que mon cœur aime tant ?

Son père lui répond :
Ton amie, elle est morte,
Elle est bien loin d'ici.
Son corps est dans la terre,
Son âme en paradis.

Plus que jamais plongé dans sa rêverie, le jeune homme continuait à chevaucher paisiblement dans le sentier sablonneux, quand il fut tout à coup rappelé à la réalité par un brusque écart de son cheval et par les aboiements furieux d'un chien. Au même moment, un paysan qui sommeillait couché en travers du chemin s'éveilla en sursaut et se dressa devant lui. C'était un garçon d'une trentaine d'années, petit, brun, maigre et vêtu de droguet en lambeaux. Il saisit le cheval par la bride, et le contenant d'une main : « On crie gare au moins, » s'écria-t-il d'une voix rude. Le chien aboyait toujours, et le bidet effrayé commençait à

regimber. » Faites taire votre chien, dit le voyageur impatienté, et laissez le chemin libre. »

Le paysan, sans lâcher la bride, regarda de côté
son interlocuteur ; ses yeux fauves pétillèrent
sous son feutre à larges bords, et d'un ton plein
d'une sauvage amertume : « Ouais, dit-il, maître
Jousserant, est-ce ainsi que vous voulez écraser le
monde pour votre bienvenue ? — Qui êtes-vous
donc, vous ? » s'écria le jeune homme que la colère commençait à gagner. Le paysan haussa les
épaules. « Qui je suis ? Demandez-le aux gens du
moulin, ils vous le diront, puisque vous ne me
reconnaissez point. » Il lâcha la bride, et sifflant
son chien : « Paix, Rougeaud ! paix ! viens çà !
Nous ne sommes point chez nous ici ! » Il sauta
sur le talus et disparut dans la brande, laissant le
jeune homme ébahi et pensif. Le cheval, rendu à
la liberté et sentant le voisinage de son écurie,
se mit à trotter, et descendit rapidement la rampe
qui mène aux Ages. Déjà, du haut du chemin
encaissé entre deux talus plantés de cormiers, on
pouvait distinguer le moulin et entendre le frais
bouillonnement de la Charente, qui se partage
en cet endroit, et semble bercer dans ses bras des
îlots boisés, reliés entre eux par des passerelles
moussues. Au tic-tac du moulin, au murmure de
l'écluse se mêlait le bruit du battoir de quelque

lavandière attardée. Le soir était tout à fait venu, et quelques étoiles commençaient à poindre entre les branches. Le cheval tourna brusquement à droite et enfila une avenue de tilleuls, bordée de herses et de chariots, aboutissant à la grand'porte du domaine des Ages. Quelques minutes après le voyageur était reçu au bas du perron par une vieille paysanne coiffée du haut bonnet poitevin et assez alerte, malgré son embonpoint robuste et ses soixante ans sonnés.

« Bonnes gens ! s'écria la vieille d'une voix à la fois dolente et câline, vous voilà enfin rendu, monsieur Maurice, et en bonne santé !... Et un peu fatigué par les mauvais chemins ! Oui, n'est-ce pas ? La *Brune* a le trot si dur !... J'espère que vous avez trouvé notre Sylvain avec la carriole au *Chêne vert*. Je lui avais recommandé de ne pas s'anuiter avec vos effets, mais il aura pris le chemin des Palatries pour jaser avec Simonne. Quand on est jeune, on est jeune ? Et vous avez grand'faim assurément ? »

Pendant cette allocution, Maurice Jousserant avait mis pied à terre et contemplait aux dernières lueurs du crépuscule le vieux logis des Ages avec ses murs noircis, son perron encadré de figuiers bourgeonnants et sa porte cintrée où se tenaient deux servantes, curieuses de voir la

jeune maître qui revenait au pays après une
absence de cinq années. Il embrassa ensuite rapidement la bonne femme, et ils entrèrent ensemble
à la maison. Dans la salle à manger, dont les
fenêtres entr'ouvertes donnaient sur le jardin, la
mère Jacquet avait préparé le souper. De cette
grande pièce pavée de briques et lambrissée de
châtaignier s'exhalait l'odeur humide particu-
lière aux appartements longtemps inhabités ;
mais un clair feu de *javelles* flambait dans la
cheminée et réjouissait les yeux. Maurice s'assit
et essaya de manger. La fatigue lui avait sans
doute ôté l'appétit, car après quelques bouchées
il posa sa serviette et se tourna vers la meunière,
qui le regardait d'un air de commisération.

— Mère Jacquet, dit-il, j'ai rencontré à une
portée de fusil des Ages un garçon de petite taille,
maigre et mal accoutré, dont le chien a failli
sauter au poitrail de mon cheval. Le connaîtriez-
vous par hasard ?

— Ah ! bonnes gens, si je le connais ! s'écria
la meunière ; ce ne peut-être que le gars à Chantepie, l'ancien meunier des Ages, que feu M. Jousserant, votre père, a mis à la porte dans les
temps. »

La figure de Maurice s'était rembrunie. « Jacques Chantepie, murmura-t-il, j'aurais dû le

deviner... Je croyais que ce garçon s'était fait
soldat. »

— Oui, monsieur Maurice ; mais il est revenu
au pays au bout de ses sept ans, et on peut bien
dire que lui et son chien sont les deux plus *ché-
tites* bêtes de trois lieues aux entours. Ils vivent
à eux deux de braconnage et de maraude.
Depuis son retour, il ne passe pas une journée
sans rôder près du moulin. Il en veut à votre
famille, il en veut à mon homme, qui a remplacé
son père, il en veut à Sylvain et à tous les gens
des Ages. Je l'ai dit souvent à Jacquet: « Ce gars-
là nous amènera un jour quelque malheur ! » Si
on pouvait seulement le faire partir du pays !
mais il est protégé par le *Cueilleux d'herbes*, à
qui il vend des oiseaux rares et toutes sortes de
bêtes curieuses qu'il prend aux collets.

— Le *Cueilleux d'herbes?* répéta Maurice étonné,
et il pensa involontairement à l'inconnu qu'il
avait vu herboriser le long du coteau de l'Hermitage.

— Eh ! oui, le *Cueilleux d'herbes*, c'est le nom
qu'on donne ici à M. Désenclos, reprit la meunière en souriant.

— M. Désenclos ? fit brusquement le jeune
homme.

— Eh! M. Désenclos, de Poitiers, qui a épousé

Mlle Lucile des Ponteyes, de Saint-Clémentin..,
Mon pauvre monsieur Maurice, ne vous rappelez-
vous plus Mlle Lucile? »

Maurice resta un moment silencieux.

— Mais, reprit-il, M. Désenclos habite donc
Saint-Clémentin?

— Voilà tantôt quatre ans qu'il demeure aux
Palatries. Il a acheté le domaine à la mort du
vieux Dupuis; il a jeté bas les anciennes bâtisses
et les a remplacées par une belle maison tout en
pierre et en brique, avec des toits en ardoise.
Tenez, on voit d'ici les pignons reluire au clair de
lune.

Elle força Maurice à se pencher à la fenêtre,
et lui montra du doigt, dans la direction de Saint-
Clémentin, de lointaines toitures dépassant les
peupliers et argentées doucement par la lune.
Tandis que le jeune homme paraissait les consi-
dérer avec attention, la meunière continuait :
« Ah! monsieur Maurice, c'est le plus beau domaine du pays. M. Désenclos y a dépensé des
monts d'or, rien que pour planter les jardins,
parce que la jeune dame aime les fleurs. Pauvre
mignonne! elle ne pouvait se plaire à Poitiers,
elle y séchait d'ennui; mais depuis qu'elle est aux
Palatries, elle a repris ses couleurs, elle est
fraîche comme une guigne. Elle paraît aussi

jeune qu'au temps où elle venait aux Ages avec
son père. Vous vous en souvenez, monsieur Maurice ?... N'était sa petite fille qui court sur ses
cinq ans, on la prendrait encore pour une demoiselle.

— Elle a des enfants? demanda le jeune homme
sans quitter du regard les toitures des Palatries.

— Une fille seulement, mais mignonne ! ah !
mignonne comme sa mère. Elle n'a rien de son
père, Dieu merci ! Ce n'est point que je veuille
dire du mal de M. Désenclos, il est bon comme le
pain ; mais, vous savez, monsieur Maurice, — et
elle se frappa le front, — il est un peu *hurluberlu*,
toujours par voies et par chemins à casser des
pierres et à ramasser toute sorte d'*herbailles*... Et
puis il s'est laissé enjôler par ce *chétit* gars de
Chantepie, et il veut le marier à Simonne, la
femme de chambre de Mme Désenclos, l'amoureuse de notre Sylvain. C'est une jolie fille,
Simonne, et elle a du bien, sans compter que la
jeune dame est sa marraine... Notre Sylvain en
est affolé ?... »

Maurice n'écoutait plus la meunière ; il prit la
lampe et souhaita le bonsoir à la bonne femme.
Arrivé dans sa chambre, il alluma un cigare et
alla s'accouder à la fenêtre ouverte. La rivière
bruissait mélancoliquement, et un rossignol chan-

tait au loin, du côté des Palatries, dont la lune
illuminait toujours les hautes toitures. En face
de ce paysage, dont la physionomie familière
n'avait presque pas changé, Maurice crut assister
à une sorte de résurrection des émotions de son
enfance et de sa première jeunesse. Du groupe
de ces fantômes d'autrefois, deux figures surtout
se détachaient et passaient devant ses yeux, deux
personnalités bien différentes : Jacques Chantepie
et Lucile. Par quel singulier hasard Jacques s'é-
tait-il trouvé le premier sur son passage, au
seuil de son domaine, Jacques, un ennemi dont
la sourde haine datait du temps de leur enfance ?
Maurice se rappela une soirée dans la brande
où, au retour de l'école, Jacques et lui s'étaient
pris de querelle. Le fils du meunier avait eu le
dessus et avait renversé le *petit monsieur* dans
une ornière boueuse. Maurice était rentré aux
Ages dans un piteux état, et un métayer, témoin
de la scène, avait tout conté à son père. Celui-ci
avait pris silencieusement son fils par la main et
s'était rendu au logis du meunier. Tout ce qui
s'était passé alors lui revint vivement à la mémoire. Il revit la pièce sombre, à peine éclairée
par une mauvaise chandelle de résine, et le meunier avec son droguet poudré à blanc, sa figure
enluminée et ses petits yeux noirs et durs. Chan-

tepie était en train de souper ; Jacques, au coin
de l'âtre, grignotait un morceau de pain et
jetait çà et là des regards sauvages. M. Jousserant formula sa plainte d'une voix brève. Le meunier se leva, prit une houssine, empoigna Jacques
au collet et le fustigea sans désemparer. Les
coups tombaient drus. L'enfant pâle, les lèvres
serrées, les recevait sans pousser même un
soupir ; mais ses yeux lançaient des éclairs de
rage et de menace. Depuis, chaque fois que Maurice avait rencontré Jacques, il avait surpris ce
regard haineux attaché sur lui. Le vieux Chantepie, chassé du moulin, s'était pendu à un
arbre du bois, Jacques s'était fait soldat, M. Jousserant était mort... Et ce soir, alors qu'il semblait
que le temps et les événements eussent emporté
jusqu'aux derniers vestiges de cette vieille ini-
mitié, ce soir, dans cette même brande, presque
à la même place, Jacques était apparu, la menace dans les yeux et l'injure sur les lèvres, — et
c'était M. Désenclos qui le protégeait, M. Désenclos, le mari de Lucile des Ponteyes, le chercheur
d'herbes entrevu près de la fontaine de l'Hermitage...

Maurice revit alors l'image rieuse de Lucile,
quand elle avait dix-huit ans et qu'elle venait en
robe rose se promener aux Ages avec son père.

2

Quel beau temps et quelles bonnes causeries !...
Ils s'étaient liés très étroitement sans se demander
si la sympathie qui les entraînait était de l'a-
mour ou de l'amitié ; ils s'étaient aimés sans
arrière - pensée, sans autre but que celui de
s'aimer et de se rencontrer le plus souvent possible. Leur innocente passion s'était vite trahie.
La vivacité et l'étourderie qui faisaient le fond
du caractère de Lucile, le trouble et l'agitation
qui possédaient Maurice, avaient rendu visible
pour les plus indifférents ce premier et pur épanouissement de l'amour. Les deux familles s'en
étaient émues. Si l'humeur inquiète et l'esprit
indécis de Maurice plaisaient médiocrement à
M. des Ponteyes, la modeste fortune de Lucile
n'était pas suffisante pour vaincre les répugnances de M. Jousserant. On avait envoyé
Maurice à Paris, et pendant son absence M. des
Ponteyes, déjà vieux et malade, avait cherché un
mari pour sa fille. M. Désenclos s'était présenté :
il était riche, galant homme et bien posé dans le
pays. Lucile avait lutté pendant quelque temps,
et de guerre lasse l'avait épousé : c'est le dénoûment ordinaire, la vieille histoire des premières
amours étouffées en pleine floraison. — Maurice
se complut à ressaisir les moindres détails de ces
chères ressouvenances. Cinq années d'agitation et

de courses vagabondes avaient passé sur ces enfantillages de la passion, mais jamais l'image souriante de Lucile ne s'était effacée. Dans ses heures
les plus dissipées et les plus tourmentées, Maurice
l'avait retrouvée au fond de son cœur comme un
médaillon aux couleurs toujours fraîches. Ce soir
encore, cette charmante apparition de la vingtième
année le ranimait et lui faisait oublier la fatigue
et le sommeil. Il se coucha tard et dormit peu.

Pendant les premiers jours qui suivirent son
arrivée, Maurice fut tout occupé d'arrangements
intérieurs et de règlements d'affaires. Il s'éveillait
de bon matin, au chant jovial des coqs de la basse-
cour, et contemplait un moment avec une douce
satisfaction son moulin aux blanches murailles
reflétées par la rivière ; puis il descendait, prêtait
une oreille distraite et pourtant bienveillante aux
doléances de la mère Jacquet, aux comptes du
meunier, aux confidences amoureuses de Sylvain
Jacquet, grand garçon de vingt ans, très expansif
et très-ingénu, dont la bouche ne s'ouvrait que
pour célébrer les charmes de Simonne. Ainsi peu
à peu il se reprenait à la vie des champs, et avec
ses habitudes d'autrefois retrouvait ses sensations
du temps passé, éparses dans tous les coins du
domaine. Le souvenir de Lucile des Ponteyes fil-
trait goutte à goutte sa subtile liqueur dans son

âme et insensiblement la remplissait tout entière.
A Paris. une sorte de pudeur l'avait empêché de
s'informer d'elle quand il rencontrait des compa-
triotes; aux Ages, il sentait se réveiller les émotions du premier amour. Il revoyait Lucile comme
elle était à dix-huit ans, enfant gâtée, capricieuse
et bonne, les cheveux au vent, le rire sur les
lèvres, le teint frais comme la feuillée en mai. En
redevenait-il amoureux ? Il s'en défendait quand
il se mettait en face de lui-même, et il était de
bonne foi. « Je suis tout heureux de me ressouvenir, écrivait-il à un vieil ami d'enfance,
nommé Hubert Grandflef, qui habitait les environs de Saint-Clémentin ; je revis dans le passé,
et voilà tout. Cinq années ont jeté sur mon roman
une couche de cendres, et les cendres ont étouffé
la flamme ; mais si l'amour s'est éteint, l'affection
est restée. Le jour où je rencontrerai Lucile, je
lui serrerai loyalement et cordialement la main,
comme on étreint celle d'un vieux camarade. »
En attendant, il gagnait chaque soir en rêvant le
sommet de la colline d'où l'on apercevait les Palatries. Toujours son regard se portait vers ce côté
de la vallée ; il allait s'asseoir sur une plate-forme
de rochers qui domine la rivière, et il y restait
jusqu'à l'heure où les lumières des Palatries glissaient dans les arbres comme des étoiles filantes.

Il se sentait attiré vers cette demeure, et retenu
en même temps par je ne sais quelle crainte. Il
n'avait pas encore osé franchir la Charente, qui
l'en séparait, lorsque arriva la réponse d'Hubert.
Les confidences de Maurice l'avaient alarmé.
C'était un esprit droit et sûr, et il savait lire dans
le cœur irrésolu de son ami. Le ton de sa lettre
était ferme et presque sévère.

« Ta passion, disait-il, s'est changée en amitié,
tu n'es plus amoureux de Lucile, est-ce bien sûr?
— En conscience, si tu étais marié et qu'on pro-
fessât pour ta femme une amitié semblable, dor-
mirais-tu sur les deux oreilles ? Point amoureux !
Mais quand tu parles d'elle, chacune de tes
paroles embaume l'amour. Il y a des airs qu'on
avait oubliés et qui vous reviennent tout à coup,
si on repasse dans le sentier où on les a entendu
chanter pour la première fois. Même chose t'arrive... » Puis il continuait en exhortant Maurice
à se défier de lui-même et à résister à la tentation
de revoir Mme Désenclos. « Sache une bonne fois
vouloir, poursuivait-il, et si tu as réellement de
l'affection pour Lucile, ne l'expose pas aux médi-
sances de Saint-Clémentin. Surtout pas de visite
aux Palatries!... Quand ton courage te pèsera
trop, viens me voir, je me charge de te maintenir
dans de fermes résolutions. »

L'épître était longue. « Il est fou ! » murmura
Maurice en la froissant avec impatience. — Il fit
deux ou trois tours, puis reprit la lettre et la relut
lentement. A mesure qu'il lisait, il croyait voir entre chaque ligne la mâle et loyale figure d'Hubert
Grandfief. « Eh bien, non ! s'écria-t-il à la fin, il a
raison... Je n'irai pas aux Palatries. »

II

Ainsi que le proclamait la mère Jacque, on rencontre peu de domaines plus heureusement situés
que les Palatries. La maison, bâtie en pierre et en
brique dans le style Louis XIII, se dresse à la naissance d'une *coulée* qui débouche en s'évasant peu
à peu dans la vallée de la Charente. La façade
principale, précédée d'une terrasse, est tournée
vers le levant ; on peut, du haut des fenêtres en-
cadrées de jasmins, embrasser d'un coup d'œil
tout l'espace compris entre les Ages et Saint-Clémentin, et s'imaginer que l'étroite *coulée* et la
vallée avec ses prés, sa rivière et ses bois ne for-
ment qu'un vaste parc aux longues perspectives.
Dans ce fertile pli de terrain, abondamment arrosé

par l'eau des sources et constamment chauffé par
le soleil, le végétation est admirable, et toutes les
plantes des contrées méridionales poussent vi-
goureusement. Les citronniers et les grenadiers y
croissent en pleine terre, les magnolias y épa-
nouissent en juin par milliers leurs opulentes
fleurs blanches ; dès le mois d'avril, de larges
buissons d'héliotropes exhalent au loin leur
exquise odeur. — Tous les matins, Mme Désenclos
venait avec sa petite fille s'asseoir sur la terrasse
ombragée de platanes. Mme Lucile était bien la
reine qu'il fallait à ce délicieux royaume. Petite,
mignonne et blanche, elle avait à vingt-quatre ans
la grâce ingénue, la mutinerie, l'impétuosité
étourdie d'une toute jeune fille. Ses yeux bruns
étaient veloutés comme des fleurs de scabieuse ;
ses cheveux châtains tombaient en boucles sur
ses épaules ; ses lèvres rouges, tantôt retroussées
par une coquette moue d'enfant, tantôt entr'ouvertes par un fin sourire, exprimaient un
mélange de malice et de bonté. Cette bouche ver-
meil\e et ce teint blanc ; ce sourire allant des lèvres
aux regards et illuminant comme un rapide coup
de soleil cette physionomie mobile ; ces boucles
brunes sur un cou délicat, voilà ce qui charmait
en elle à première vue. Sa fille, Madeleine, âgée
de quatre ans, lui ressemblait comme une pâque

rette des près ressemble à une reine-marguerite:
c'étaient les mêmes chairs pétries de sang et de
lait, les mêmes yeux bruns limpides, la même
vivacité nerveuse, le même sourire malicieux.

Peu de jours avant l'arrivée de Maurice, Mᵐᵉ Désenclos, assise à sa place favorite, était occupée
à remplir de fleurs deux vases de vieille faïence,
tandis que sa fille courait après les papillons.
Tout à coup un pas rapide fit crier le sable de
l'allée, et M. Désenclos apparut sur le seuil de la
terrasse. Le propriétaire des Palatries embrassa
sa fille à plusieurs reprises, puis, s'approchant
de sa femme, se mit à fourrager dans les fleurs
dont elle emplissait ses vases. « A propos, dit-il,
je sais une nouvelle... Notre voisin, M. Jousserant,
revient au pays; on l'attend après-demain aux
Ages. »

Mᵐᵉ Désenclos jeta les fleurs dont ses mains
étaient pleines; ses yeux brillaient et souriaient.
«Maurice aux Ages! s'écria-t-elle gaiement, quelle
bonne nouvelle! J'avais toujours dit qu'il y reviendrait .. »

M. Désenclos regarda sa femme d'un air
surpris. « Tu connais donc M. Jousserant?

— Certainement. Ne vous ai-je jamais parlé de
lui? Nous sommes des amis d'enfance, et, ajouta-
t-elle en riant, Maurice me faisait la cour quand

je jouais encore à la poupée. Je lui demandais des conseils sur mes lectures, et il me grondait quand je lisais trop de romans... Oh! c'était un sermonneur et un original! Quelle joie de le revoir et que de choses nous aurons à nous dire! »

M. Désenclos n'écoutait déjà plus sa femme. Il était tout absorbé par l'examen d'une plante trouvée parmi les fleurs éparses aux pieds de Lucile. Au bout de quelques instants, il s'aperçut qu'il avait oublié sa loupe et s'éloigna lentement, emportant avec lui le précieux brin d'herbe.

Lucile s'était accoudée à la balustrade et contemplait la vallée de la Charente. Ses yeux remontèrent le cours de la rivière jusqu'aux Ages. Les toitures brunes de la vieille maison se montraient au-dessus des îlots boisés, et par moments des bouffées d'air tiède apportaient jusqu'aux Palatries le bruit du moulin. Il y avait autour de la jeune femme, dans les cytises aux grappes jaunes, dans les aubépines roses et les chèvrefeuilles, un voluptueux bourdonnement d'abeilles ; les pétales blancs et vermeils des pommiers en fleur se détachaient à la moindre brise et tournoyaient dans l'air en répandant un suave parfum de renouveau. « Maman! maman! il pleut des fleurs, s'écria la petite Madeleine. » Avec un mouvement impétueux, Lucile prit sa

fille dans ses bras et la couvrit de baisers, entre-
mêlant ses caresses de tendres paroles. « Toi,
disait-elle, tu es ma mignonne aimée! tu es mon
adoration!... » et les baisers pleuvaient plus
nombreux que les fleurs des pommiers. Lucile en
ce moment se sentait environnée d'une atmos-
phère de tendresse ; en elle et autour d'elle, tout
était joie : les Palatries en fleur, sa fille si charmante, cette matinée de printemps si délicieuse,
et Maurice, l'ami d'autrefois, Maurice qui allait
revenir !

Pendant ce temps, M. Désenclos, assis sous un
cytise, était plongé dans la contemplation de la
plante ramassée aux pieds de sa femme. C'était
une simple pâquerette, mais elle venait de lui ouvrir tout un monde d'observations et de découvertes. Armé d'une loupe et de petites pinces, il
l'étudiait dans ses moindres détails organiques,
et sa physionomie, sérieuse ou indifférente lorsqu'il s'agissait des accidents de la vie ordinaire,
prenait pendant cette étude une expression d'a-
nimation joyeuse et d'inspiration enthousiaste.
Les pensées qui s'agitaient en lui se traduisaient
non seulement par de petits gestes nerveux et rapides, mais par des interjections énergiquement
accentuées, comme s'il se fût agi de répondre à
quelque contradicteur invisible. Il avait enfourché

son grand dada scientifique et chevauchait au grand galop dans le champ des hypothèses. — Il était à cette époque absorbé et passionné par une question physiologique d'un ordre élevé : la vie des plantes. Ses études d'entomologie lui avaient permis de constater avec certitude l'existence de l'intelligence chez les insectes. Il s'agissait maintenant de descendre encore quelques degrés de l'échelle et de prouver la vie, — la vie consciente, — des végétaux. Ce courant d'intelligence dont il avait pu retrouver la trace plus ou moins apparente à tous les degrés de la vie animale tarissait-il brusquement ? La plante, dont l'organisation a tant d'analogie avec celle de l'animal, la plante était-elle une merveilleuse machine ou un être sensible et intelligent ? avait-elle une âme ? Tels étaient les difficiles problèmes qui préoccupaient M. Désenclos et qui avaient pris une grande place dans sa vie. De patientes et minutieuses expériences pratiquées sur des sensitives lui avaient déjà fait entrevoir des lueurs de certitude. Il ne tenait pas la vérité, mais il la pressentait. La vue de cette pâquerette, dont les fleurons épanouis au soleil s'étaient subitement refermés à l'ombre, avait ouvert une nouvelle voie à ses explorations, et il s'y enfonçait avec l'ardeur d'un chercheur convaincu. — Après une

longue analyse qui dura presque une heure, il
se releva tout joyeux, et il secoua victorieusement la petite pâquerette au-dessus de sa tête :
il avait constaté un nouveau fait à l'appui de son
hypothèse ; il foulait d'un air fier et glorieux le
gazon de ses pelouses ; il était heureux, et,
comme sa femme, il trouvait le bleu du ciel splendide, les pommiers admirables et la matinée dé-
liceuse.

Lucile, elle, était restée sous les platanes de la
terrasse, et, toujours les yeux tournés vers les Ages,
elle pensait au retour de Maurice. Une femme
plus expérimentée et plus savante se serait effrayée
de cette soudaine explosion et se serait demandé
si l'ancien amour était bien éteint, si la présence
de Maurice des Ages n'avait pas ses embarras et
ses dangers. Lucile n'y songeait pas. Elle se réjouissait de ce que son amitié pour Maurice n'a-
vait pas diminué, sans chercher à démêler s'il n'y
entrait pas un peu d'alliage. Elle n'avait ni ha-
bileté ni expérience. Elle avait conservé à vingt-
quatre ans les illusions, les naïvetés, l'humeur
capricieuse, indépendante et presque sauvage
qu'elle devait à son éducation exceptionnelle. —
Sa mère était morte en la mettant au monde. Son
père, vieux magistrat très docte et très affairé,
partageait ses journées entre le tribunal et son

cabinet de travail, et ne s'occupait d'elle que
pour la gâter. Elle avait été élevée au fond d'une
des maisons les plus solitaires de Saint-Clémentin, entre une vieille bonne et une chèvre aussi
fantasque et aussi sauvage qu'elle. On ne l'avait
jamais envoyée au couvent, une maîtresse de
piano et un professeur du collège avaient été
chargés de son instruction ; quelques livres pris
un peu au hasard dans la bibliothèque de son
père l'avaient complétée. Il y avait dans cette
éducation une lacune énorme que les conseils et
le dévouement d'une mère eussent seuls pu com-
bler. Lucile ne savait rien de la vie. Elle n'avait
entrevu le monde que deux ou trois fois dans de
petits bals donnés par la bourgeoisie de Saint-
Clémentin. Le seul événement de sa jeunesse
avait été sa rencontre avec Maurice et la vive
amitié qui s'en était suivie. Après son mariage,
M. Désenclos, sans cesse absorbé par l'étude des
insectes et des plantes, l'avait emmenée dans une
nouvelle solitude où il la traitait en enfant et continuait les gâteries de son père. Depuis qu'elle habitait les Palatries, elle n'avait connu intimement
qu'une voisine de campagne, nommée Mᵐᵉ de Labrousse, légère et frivole personne qui ne pouvait guère lui apprendre le sérieux de la vie. —
Ayant vécu loin de la société des femmes, Lucile

ne savait rien des petites finesses féminines. Elle
ignorait l'art de calculer avant d'agir et de se
conduire suivant les règles de l'étiquette mondaine. Elle avait grandi et s'était épanouie
comme les fleurs qui peuplaient le jardin abandonné de son père, — à la bonne aventure. C'é-
tait une enfant expansive. généreuse, sensible,
mais aussi une enfant terrible et gâtée, s'imaginant
qu'il suffisait de tendre la main pour cueillir une
mûre aux buissons du chemin. Elle était, en un mot,
merveilleusement organisée pour s'exposer en
plein danger, y jeter par dévouement sa réputation
et son cœur et les en rapporter brisés.

Trois jours après, Simonne lui annonça que
M. Jousserant était arrivé aux Ages. Sylvain Jacquet était venu dès l'aube répandre la nouvelle
aux Palatries et Simonne, tout occupée de son
nouvel amoureux, ne tarissait pas sur le chapitre
de Maurice et des gens du moulin. « Tu aimes
donc Sylvain maintenant ? dit gaiement Lucile ;
tu sais cependant que M. Désenclos veut te marier
à Chantepie... Te voilà avec deux amoureux !
Prends garde, ma fille, Chantepie est jaloux ! —
Pourtant, répondit Simonne, je ne puis épouser
un vagabond comme Chantepie... Sylvain, lui,
est un bon ouvrier et un beau garçon. Savez-vous
ce qu'il m'a dit, madame ? Que M. Maurice re-

vient au pays pour tout de bon, et qu'il est bien
changé à son avantage. Il est bien plus vivant et
plus parlant qu'au temps passé. Il fera valoir le
moulin lui-même, et Sylvain prendra la place du
père Jacquet, qui devient vieux... »

Quand Simonne fut partie, Lucile se mit à la
fenêtre et trouva que la vallée avait un air de
fête. Les vieux toits des Ages paraissaient rajeu-
nis au milieu de la verdure nouvelle des tilleuls.
La rivière semblait chanter tout là-bas l'hymne
du retour de Maurice, et lui, sans doute, était en
ce moment derrière ces ramées, allant et venant
le long de la Charente, reconnaissant chaque
place et songeant peut-être au temps jadis. —
Elle ne l'avait pas oublié, elle non plus, le temps
passé. Quelquefois il lui semblait que ses dix-huit
ans n'étaient pas finis, qu'elle avait dormi pendant des années, que le réveil était sonné, qu'elle
allait s'élancer de nouveau dans la vie et retrouver sa jeunesse au point où elle l'avait laissée le
jour du départ de Maurice. — Maurice !... ce
nom résonnait singulièrement à ses oreilles. —
Sans doute il allait venir faire sa visite aux Palatries, demain peut-être ou après-demain, et
déjà elle songeait à l'accueil qu'elle lui ferait et
à tout ce qu'ils auraient à se dire. Le lendemain et
le surlendemain se passèrent, deux semaines s'é-

coulèrent, et Maurice Jousserant ne parut pas
aux Palatries. C'était à n'y pas croire !... Avait-il
donc fait une nouvelle absence ?

Non, Maurice était aux Ages ; mais il s'était
promis de résister courageusement à la tentation,
et il se tenait parole. Les sages remontrances
d'Hubert Grandfief n'avaient pas été perdues ;
Hubert l'avait exhorté à la lutte, et il luttait de
son mieux. Pendant la matinée, il s'imposait de
longues tâches afin de rester forcément à la
même place ; mais, quand venait le soir, il sortait, poussé par un invincible besoin d'agitation,
et ses promenades se bornaient à de longs circuits autour des Palatries ; seulement chaque
jour le cercle se rétrécissait, et les chemins choisis pour le retour le rapprochaient de plus en
plus de la demeure de Lucile. Un soir, vers la fin
de la troisième semaine, Maurice prit pour rentrer
aux Ages un chemin creux qui lui parut, à première vue, descendre droit au fond de la vallée.
Il suivait donc en toute confiance la pente de ce
sentier vert, bordé de hautes aubépines. Tout à
coup il déboucha dans une longue avenue de
noyers aboutissant à une porte cintrée et à un
grand mur, et il reconnut les Palatries. Il s'arrêta ;
mais au lieu de rebousser chemin il voulut aller
jusqu'à la grille et contempler au moins un mo-

ment cette demeure près de laquelle le hasard
venait de le jeter. Au même instant, la porte
s'ouvrit, et Mme Désenclos parut sur le seuil.

Elle donnait une main à sa fille, et de l'autre
portait une cruche de grès qu'elle allait remplir à
une source voisine, renommée pour la légèreté de
ses eaux. Maurice resta immobile, et son cœur
se mit à battre violemment. Elle était là, devant
lui, l'amie d'autrefois, la Lucile de ses premiers
rêves ; il n'avait que quelque pas à faire pour lui
serrer la main et lui parler, pour entendre cette
voix fraîche, qu'il n'avait pas entendue depuis si
longtemps... Elle s'avançait lentement, réglant sa
marche sur celle de sa petite fille et baissant les
yeux pour ne pas rencontrer le regard de Maurice, car elle l'avait vite reconnu. Quand elle
pensa être assez près de lui, elle releva brusquement la tête... et le vit s'éloigner à grandes enjambées et disparaître bientôt au bout de l'avenue. Il avait été fort jusqu'à la fin, et s'enfuyait,
étonné et désolé à la fois de son courage.

Lucile pâlit. Il n'y avait plus de doute cette
fois : non seulement il ne venait pas chez elle,
mais il la fuyait, il ne voulait pas la voir. Elle
s'assit près de la fontaine et regarda machinalement la cruche s'emplir et glisser jusqu'au fond...
Elle resta ainsi longtemps assise. De légers cercles

3

se formèrent tout à coup sur la surface calme du
réservoir... Qui les avait produits? L'aile d'un in-
secte ou la chute d'une larme? « Maman! maman! » dit enfin la petite Madeleine... » Lucile
trempa dans l'eau son bras nu, et, se relevant
avec la cruche ruisselante, regagna à pas lents
les Palatries. Elle songeait avec dépit à l'étrange
conduite de Maurice. Elle était à la fois attristée
et irritée. Dans sa pensée, l'arrivée de M. Jousserant devait rompre la monotonie de sa vie campagnarde. Elle se sentait tout heureuse de le recevoir au milieu de ses Palatries en fleur et de
lui faire admirer tous les enchantements de son
petit royaume. Elle attendait sa visite avec une
impatience enfantine, mais aussi avec une complète certitude... Maintenant il fallait se résigner
à une certitude toute contraire. — Pourquoi Maurice la fuyait-il? Comme cinq années changent
l'humeur et l'esprit des gens !

Alors elle s'enfonçait dans ses souvenirs comme
pour y chercher une consolation. Tout en suivant
les allées du confortable jardin des Palatries, elle
se rappelait le temps où à Saint-Clémentin, jeune
fille, elle se promenait dans les sentiers herbeux
du jardin de son père. Il n'y avait là ni plantes
exotiques ni eaux jaillissantes : on y voyait seulement quatre carrés bordés de fraisiers avec de

maigres plates-bandes plantées de poiriers mous-
sus, entre les troncs desquels fleurissaient sans cul-
ture des jacinthes au printemps et des reines-mar-
guerites à l'automne ; au fond, deux vigoureux
plants d'héliotropes, un abricotier plein-vent et un
puits aux profondeurs sonores, enfin des murs
croulants où une vigne échevelée étalait ses pam-
pres qu'on ne taillait jamais. Tout cela était pauvre et mesquin, mais que de joies et que de beaux
rêves étaient éclos dans ce jardinet abandonné !
Comme les jacinthes y exhalaient de molles odeurs
dès la fin de mars, quand au lendemain d'un bal
ou d'une excursion aux Ages, Lucile venait s'y re-
cueillir et rassembler ses souvenirs de la veille !
En été, lorsque les martinets aux ailes rapides
passaient en sifflant au-dessus des vieux murs,
elle suivait leurs longs circuits avec bonheur, en
songeant qu'ils allaient du côté du moulin, et le
soir, quand les claires sonneries du village de Savigné s'envolaient jusqu'à Saint-Clémentin, elle
saluait gaiement leur voix en pensant qu'elles
avaient passé par-dessus la maison de Maurice...

Tandis que Mme Désenclos rentrait aux Palatries,
Maurice, le cœur troublé, traversait la prairie des
Ages. Les conseils d'Hubert Grandfief avaient fait
impression sur son âme honnête, et il s'était sérieusement efforcé de les suivre ; mais si ses inten

tions étaient droites, sa volonté n'était pas assez
fortement armée pour lutter contre les mouvements de son cœur. Les liens dans lesquels il s'é-
tait lui-même emprisonné s'étaient détendus peu
à peu. Sa rencontre avec Lucile porta un coup terrible à ses résolutions. Ce soir-là, pendant le souper, son silence fit le désespoir de la mère Jacquet. Son corps était aux Ages, mais sa pensée
était demeurée dans l'allée des noyers, près de la
fontaine. Il se replaçait mentalement en face de
Mme Désenclos, et cette fois il ne s'enfuyait plus, il
allait au-devant d'elle et lui tendait la main. Il lui
semblait voir Lucile sourire, il croyait entendre sa
jolie voix nette et bien timbrée ; puis, retombant
dans la réalité, il maudissait sa fuite ridicule et
se mettait à échafauder de nouveaux rêves. Ce
fut l'occupation de toute sa nuit.

Il y songeait encore le lendemain matin quand
il sortit du logis. Il retourna à l'allée des noyers,
mais il n'osa pas s'avancer jusqu'auprès de la fontaine, et rebroussa chemin après avoir un moment
contemplé la porte des Palatries. Comme il s'en
revenait tout rêveur par un étroit sentier qui cô-
toie les près, il entendit tout à coup une voix de
femme prononcer son nom ; il releva la tête et
aperçut entre les rameaux d'une haie de néfliers
les longues boucles et la figure moqueuse de sa

voisine, Mme de Labrousse. Devant la mine ébahie de Maurice, elle partit d'un éclat de rire, puis écartant les branches, montra sa tête coiffée d'un chapeau de paille.

Mme Césarine de Labrousse était une femme de taille moyenne, grassouillette, vive, pétulante avec des airs de tête évaporés. Elle avait plus de quarante ans; mais grâce à ses cheveux d'un blond ardent, grâce à son teint frais, elle pouvait facilement n'en avouer que trente-cinq. Veuve, riche et d'une santé robuste, elle avait sans cesse le rire aux lèvres et le pied levé pour courir à une partie de plaisir. Elle était naïvement égoïste, et, sans être foncièrement méchante, suffisamment vaniteuse, insouciante et bavarde pour faire beaucoup de mal tout naturellement, comme les ronces font des piqûres. A Saint-Clémentin, on jasait fort sur son compte. Ses meilleurs amis avouaient qu'elle était un peu coquette ; les indifférents la déclaraient légère, et ses ennemis disaient nettement qu'elle avait jeté son bonnet par-dessus les moulins,

« Eh! bonjour, monsieur Jousserant, cria-t-elle ironiquement à Maurice, venez-vous enfin me faire votre visite ? Il n'est que temps ! »

Le jeune homme, embarrassé, s'excusa du mieux qu'il put; mais la veuve, après lui avoir vivement reproché sa sauvagerie, jura qu'elle se brouillerait avec lui, s'il ne réparait son oubli promptement. « Promettez-moi, dit-elle, de venir chez moi jeudi soir... Nous pêcherons des écrevisses aux flambeaux, puis nous souperons en plein air. J'ai invité tout Saint-Clémentin, et nous aurons M. et Mme Désenclos des Palatries... Je compte sur vous. »

Ils se séparèrent, et Maurice rentra aux Ages en se reprochant sa lâcheté. Il n'en partit pas moins le jeudi suivant pour le domaine de la Commanderie, qu'habitait Mme de Labrousse.

Lorsqu'il arriva, à la brune, les invités étaient déjà descendus dans la prairie ; mais il chercha en vain parmi eux Mme Désenclos. La pêche commença. Les jeunes filles allumèrent des lanternes et les suspendirent aux saules de la rive ; les jeunes gens préparèrent les amorces et plongèrent les *balances* dans l'eau. Mme de Labrousse accapara Maurice et le promena à travers les bouquets d'aulnes et les massifs de saules, sous prétexte de visiter les balances. Elle s'appuyait sur son bras, et comme le sol était fort inégal, au moindre faux pas, elle se cramponnait à son cavalier en jetant de stridents éclats de rire qui agaçaient les nerfs de Maurice. La nuit était tombée tout à fait ; une soudaine lueur glissa le long des châtaigniers et parut se diriger vers le bord de l'eau.

On entendit des pas et des voix se rapprochant
de plus en plus. « Je parie que c'est Mme Désenclos ! s'écria la pétulante veuve, et, quittant le
bras de Maurice, elle courut au-devant des nouveaux venus. Resté seul, le jeune homme s'appuya contre un saule, et son cœur se mit à battre.
Il distingua bientôt une robe claire se détachant
du fond noir des aulnes, et il entendit ces paroles
prononcées par une fraîche voix argentine :

« C'est moi ! Je suis en retard parce que M. Désenclos est rentré fort las d'une de ses courses ;
il s'est couché et m'a chargée de l'excuser. Le
président est venu me prendre, mais il ne connaît pas le chemin des prés, et nous avons failli
deux fois tomber à l'eau. »

Maurice vit Lucile au bras du vieux président
se diriger de son côté, accompagnée par Mme de
Labrousse.

« Il faut que j'aille retrouver mon cavalier, disait la veuve.

— Qui donc ? reprenait la voix argentine.

— M. Maurice Jousserant.

— Ah ! »

Maurice se sentait pâlir.

« Cette fois, pensait-il, il faut réparer ma sottise. »

Elle n'était plus qu'à deux pas de lui ; il s'approcha et lui dit bonsoir d'une voix joyeuse, mais

tremblante ; en même temps sa main s'avança
pour toucher la sienne.

« Bonsoir, monsieur, » répondit-elle d'un petit
ton sec, et, lui tournant le dos, elle courut vers
les jeunes filles qui levaient les balances.

Maurice resta un moment stupide, puis, réflé-
chissant au ridicule de sa position, il reprit son
sang-froid et adressa de nouveau la parole à
Mme de Labrousse.

La pêche fut abondante, et quand vers neuf
heures on se retira, les filets étaient pleins d'écrevisses. On rentra à la Commanderie, où les
grands parents, que la promenade n'avait pas
tentés, attendaient les pêcheurs en se livrant à
une interminabbe partie de boston. Le souper
fut très gai. Maurice, que la veuve avait placé à
sa droite, avait avec elle une conversation ani-
mée, et montrait une gaieté nerveuse qui émer-
veillait les convives. Une seule fois il jeta un regard furtif sur Mme Désenclos : elle était assise
près d'une fenêtre et contemplait par moments
le jardin d'un air boudeur et ennuyé... Quand
on se sépara, il était près de minuit. Les Saint-
Clémentinois, précédés de leurs servantes portant des falots, reconduisirent Mme Désenclos jusqu'aux Palatries. En chemin il ne fut question que
de Maurice.

« Comme il est devenu aimable, dit la femme du notaire ; il était si maussade autrefois !

— Eh ! eh ! insinua le notaire, Mme de Labrousse le trouvait fort de son goût.. Elle s'est mise en frais pour lui.

— Césarine est si coquette ! dit la notairesse.

— Et si inconséquente ! soupira un vieille fille.

— Bah ! répondit le président, c'est une jolie femme qui tire les derniers pétards de son feu d'artifice ; le beau mal quand elle aurait choisi M. Jousserant pour le bouquet.

— Fi ! quelle horreur ! » s'écrièrent les dames.

On était arrivé à la porte des Palatries. Mme Désenclos souhaita rapidement le bonsoir à ses compagnons de route et se hâta de rentrer. Tout dormait dans la maison. Elle gagna la chambre où elle couchait près de sa fille et s'y enferma. Un vif dépit l'agitait. Elle était mécontente de sa soirée, mécontente d'elle-même et des autres. Elle se reprochait d'avoir accueilli Maurice si durement, et elle en voulait à Maurice d'avoir supporté cet accueil avec autant de philosophie. Elle se rappelait les coquetteries de Mme de Labrousse, les compliments et l'entrain de M. Jousserant; pour la première fois elle se sentait des mouvements de jalousie. « Les hommes sont étranges ! se disait-elle en arrangeant ses cheveux devant

la glace. Comment peut-on s'amouracher d'une
femme de quarante ans qui a les cheveux roux
et les traits tirés ? » Elle trouvait la conduite de
Maurice inexplicable. Quels griefs pouvait-il
avoir contre elle ? Elle l'avait reçu froidement à
la vérité, mais n'en avait-elle pas le droit après
sa fuite de l'autre soir, et d'ailleurs n'aurait-il
pas dû deviner que cette bouderie n'était pas sérieuse ?... « Oh ! pensait-elle, si je pouvais seulement avoir avec lui une explication ! » Elle passa
une partie de la nuit à songer à Maurice, et le
matin, en s'éveillant, elle pensait encore à lui. —
Peu à peu et sans qu'elle s'en rendît compte, son
premier amour reprenait possession de son
cœur, comme certaines plantes aux racines vi-
vaces et profondes repoussent à la place même
d'où elles avaient été arrachées : on les croyait
mortes, elles n'étaient que mal ensevelies ; le
printemps d'après, elles jaillissent tout à coup du
sol en jets verdoyants et se mettent à refleu-
rir jusqu'au moment où les sarcleurs, avec le
fer et le feu, viennent les déraciner pour toujours.

Maurice était rentré chez lui fatigué et mécontent. La vie de campagne aux Ages lui avait
un moment souri ; maintenant il la trouvait
lourde, monotone, insupportable... Son humeur

inquiète et vagabonde reprit le dessus, et il passa
.e reste de la nuit à rouler dans sa tête des projets de voyages lointains. Le lendemain, il annonça brusquement à la mère Jacquet qu'il
comptait retourner à Paris dans trois jours. La
meunière ouvrit de grands yeux et joignit les
mains, puis vinrent d'interminables lamentations.
Qu'allait devenir le moulin ? et comment Sylvain
allait-il faire maintenant pour décider Simonne à
l'épouser ? Il comptait sur l'appui de M. Jousserant pour vaincre les résistances de M. Désenclos ;
il avait espéré que tout s'arrangerait le jour de
la *ballade*. « Ah ! si M. Maurice restait seulement
au pays jusqu'après la *ballade* !...

— Quelle *ballade* ? dit Maurice.

— Ah ! notre maître, pouvez-vous avoir oublié
la *ballade* du lundi de la Pentecôte, la *ballade* du
Puits-Carré ? On y va de Ruffec et de Charroux, et
tout Saint-Clémentin y court. Les danses sur la
brande, les avez-vous oubliées ? Les plus belles
dames du pays viennent y danser. »

Maurice devint songeur. La mère Jacquet vit
qu'il était ébranlé et continua : « Assurément
Mme de Labrousse y sera et aussi la jeune dame
des Palatries... Ah ! monsieur Maurice par amitié pour notre Sylvain, ne partez au moins qu'a-
près la *ballade*.

— Nous verrons, » murmura Maurice en s'é-
loignant tout pensif.

Le dimanche soir, M. Désenclos dit à sa femme,
qui prenait le frais sur la terrasse : « Eh bien,
notre voisin M. Jousserant est déjà las de la campagne. Il paraît qu'il s'ennuie aux Ages, et qu'il
a l'intention de retourner à Paris après la ballade
du Puits-Carré. »

Lucile garda le silence et continua de contempler le jardin ; mais au fond de son cœur, tandis
que parlait M. Désenclos, un sentiment impétueux s'agitait. « Oh ! se disait-elle, je ne le laisserai pas partir ainsi, et je saurai auparavant
pourquoi il m'en veut. »

III

La brande du Puits-Carré avait revêtu ses plus
beaux habits, quand le soleil du lundi de la Pentecôte lui envoya son premier salut. Ses pelouses
étendaient au loin leur gazon moite de rosée ; sur
cette verdure bleuâtre, des oasis de bruyères et
d'ajoncs se détachaient mollement, et d'espace en
espace un vieux châtaignier au tronc creux tor-

dait ses branches encore vigoureuses et étendait presque au ras du sol sa magnifique verdure. Au premier rayon, ce fut sur toute la brande silencieuse un splendide scintillement. Une alouette s'élança d'une touffe de genêts et, battant des ailes, monta en chantant vers le ciel d'un bleu profond ; une seconde prit son essor, cent autres les suivirent, et au silence succéda une musique joyeuse qui paraissait tomber du haut du ciel. Ce fut le signal du réveil et de l'agitation. Bientôt dans les chemins verts on entendit le sourd roulement des roues, et au pas lent et mesuré des bœufs débouchèrent dans la brande des chariots chargés de tables, de bancs et de tentes, indispensables éléments de la *ballade*. Les cabaretiers en plein vent assujettirent leurs toiles à des piquets et y déposèrent les provisions de la journée : quartauts de bière, poinçons de vin d'Angoumois, chapelets de *tourtisseaux* et de *craquelins*, fromages de Ruffec sentant la noisette, anguillettes de Charente toutes prêtes pour la friture. Sur quatre tonneaux, à l'ombre d'un large châtaignier, l'entrepreneur du bal établit son orchestre. Plus loin, des arracheurs de dents et des saltimbanques fixèrent leurs maisons roulantes.

Peu à peu chaque chemin vert amena son contingent. Tantôt c'étaient des mules de Linazais

trottant à la file et conduites par un maquignon
en blouse bleue, tantôt un jeune garçon aiguil-
lonnant des bœufs qui marchaient d'un pas tranquille et poussaient des mugissements inquiets,
tantôt une paysanne juchée sur un âne entre deux
paniers de cerises nouvelles, ou bien un vieux fer-
mier des environs de Confolens portant encore le
tricorne de feutre, les culottes courtes avec l'habit de droguet, et se balançant gravement sur
son cheval. Une petite *pastoure* à la cape de bure
poussait devant elle une bande de *pirons* (oies) ;
une vieille femme au dos courbé comme la lame
d'une serpe traînait à sa suite deux biquets ré
calcitrants ; puis par groupes de trois ou de quatre,
arrivaient de toutes parts les jeunes gens qui vou-
laient se *gager*. Ils étaient tous endimanchés et
portaient comme signe distinctif un brin de verdure, les filles à leur corsage, les garçons à leur
chapeau. Cette ballade était en effet à la fois une
fête, un marché et une foire aux domestiques, —
une *louée*. En Poitou, les domestiques à l'année
se louent ordinairement au mois de septembre, à
la Saint-Michel ; mais cette *louée* était surtout ré-
servée aux gens de journée qui engagent leurs
services pour la durée de la *fauchaison* ou de la
métive (la moisson).

A midi, la brande devint tumultueuse et toute

bourdonnante : les buveurs s'attroupaient autour
des cabarets, les maquignons et les chalands s'in-
terpellaient ; les saltimbanques commençaient
leur *boniment* à grand renfort de grosse caisse et
de cloches fêlées ; hennissements, bêlements plain-
tifs, détonations, fanfares, chansons, cris de
femmes et de pleurs de marmots, tout cela se
confondait en un concert étrange. Enfin les violons et la vielle donnèrent le signal et le bal
commença.

Vers la même heure, Simonne, dans ses plus
beaux atours, quittait les Palatries et se dirigeait
vers les Ages. Au moment où elle mettait le pied
dans le chemin des prés, elle poussa un petit cri
et fit un mouvement en arrière : Jacques Chantepie était devant elle.

Jacques, lui, n'avait pas fait toilette ; sa barbe
était en désordre, et sa blouse déchirée. Sa physionomie gardait son expression de sauvagerie
habituelle ; avec de beaux traits et un air de vivacité intelligente, ce garçon avait un aspect désagréable ; les lignes de sa bouche et de son nez
aquilin étaient pures et fières, mais son front était
bas ; ses yeux bruns étaient grands et pleins de
feu ; mais d'épais sourcils les couvraient à demi,
et leur regard avait je ne sais quoi de fauve et
d'oblique. « Oh ! Simonne, dit-il d'une voix rude,

je t'ai fait peur. Te voilà bien belle dès le matin ;
tu vas à la ballade apparemment ?

— Apparemment, dit la jeune fille d'un ton
froid et elle voulut passer outre.

— Et continua-t-il en lui barrant le chemin,
tu comptes prendre en passant le beau meunier
des Ages, Sylvain Jacquet ?

— Pourquoi ne le prendrais-je point, s'il m'offre
sa compagnie ? Il a assez bonne renommée pour
qu'on n'ait point à rougir d'être vue avec lui.

— Dis donc tout de suite que tu l'aimes ! s'é-
cria Jacques avec une rage concentrée.

— Je n'ai de compte à rendre à personne, et
d'ailleurs qui m'empêcherait de l'aimer ? Je n'ai
rien promis à qui que ce soit.

— En es-tu bien sûre, Simonne ? Il ne suffit
point de dire : Je n'ai rien promis, pour se
croire libre. Il y a des actions et des regards qui
engagent autant que des paroles. Quand je te
faisais danser l'an dernier aux ballades, et que
je te reconduisais le soir aux Palatries, je n'aurais
jamais cru que ton cœur changerait si précipitamment. Il n'était point question de Sylvain
alors ; mais depuis le retour du maître des Ages
le vent a tourné.

— Si j'ai changé, répondit vivement Simonne,
c'est que toi aussi tu as changé. Je voulais bien

pour promis d'un brave garçon prêt à faire hon-
heur à sa femme, mais je ne veux point d'un
braconnier qui ne pourrait seulement gagner le
pain de ses enfants.

— Tu aimes mieux un valet de moulin obligé
de baisser le nez devant son maître.

— J'aime mieux un garçon qui travaille. Ouvrier ou domestique, peu importe ! »

Chantepie resta un moment pensif, puis la dé-
vorant du regard et frappant le sol avec son
bâton : « Au revoir Simonne ! » dit-il brusquement, et il partit à travers les prés.

Simonne trouva la mère Jacquet sur le seuil
du moulin. Sylvain, vêtu de droguet neuf des
pieds à la tête, se promenait impatiemment le
long du bief. Ils s'acheminèrent ensemble vers le
Puits-Carré. Quand ils arrivèrent sur la brande,
la ballade était dans tout son éclat ; les buveurs,
pressés autour des tables, chantaient à tue-tête ;
les danseurs, sous les châtaigniers, sautaient de
toute la force de leurs jarrets. Dès que les
jeunes gens avaient été *gagés*, ils accouraient à
la danse. C'était pour tous le dernier jour de liberté, pour beaucoup c'était aussi le dernier jour
passé au pays, au milieu des êtres et des objets
que l'affection ou l'accoutumance leur avait
rendus chers. Demain il leur faudrait cheminer

vers quelque métairie lointaine où tout pour eux
serait étranger. Aussi comme ils savouraient ce
dernier jour de joie ! Ils trépignaient avec amour
sur la lande natale, ils se grisaient de bruit, d'air
et de soleil.

Vers quatre heures, quand la chaleur du jour
commença à s'apaiser, les bourgeois de Saint-Clémentin arrivèrent à leur tour. Chaque société ou
plutôt chaque coterie faisait bande à part, se tenant mutuellement à distance et formant de
petits groupes autour de la verte salle de bal.
Mme Césarine de Labrousse était le point de mire
ou de ralliement de la fine fleur de l'aristocratie
saint-clémentinoise. Mme Désenclos était venue
au Puits-Carré avec son mari et sa fille. M. Désenclos tenait l'enfant par la main, et de temps en
temps la portait dans ses bras, lorsqu'on passait
devant les *curiosités*. La *dame* des Palatries les
suivait, tournant souvent la tête comme pour
chercher quelqu'un dans la foule, et faisant parfois sa jolie moue en signe de désappointement.
La course avait coloré ses joues et mis une étin-
celle dans chacun de ses yeux. Elle était charmante. Son chapeau de paille, d'où s'échappaient
d'abondantes boucles, ombrageait doucement
sa figure enfantine ; le vent jouait avec ses cheveux et avec les rubans bleus qui flottaient sur sa

simple robe de nankin. — Caché derrière un châtaignier, Maurice Jousserant la contemplait et
l'admirait, car il était venu, lui aussi. De sa
fenêtre, il avait vu Lucile traversant la prairie des
Ages, et tout en se faisant de beaux sermons il
avait pris son chapeau et s'était dirigé du côté de
la brande. Ne fallait-il pas qu'il tint la promesse
faite à Sylvain ? Il était là, invisible et rassasiant
ses regards. Pour la première fois, il pouvait regarder Lucile à son aise. Elle n'était presque pas
changée. C'était toujours la même démarche
légère, le même délicieux sourire. Elle s'était peu
à peu rapprochée de la danse, et, apercevant Simonne qu'elle cherchait, elle quitta son mari,
arriva près du châtaignier et tout à coup reconnut
Maurice... Tous deux rougirent et restèrent silencieux. Le jeune homme s'inclina timidement, et
la jeune femme se mit à causer avec sa filleule ;
mais au même instant l'orchestre donna le signal
d'une nouvelle danse, Simonne partit, et Maurice
et Lucile restèrent seuls près de l'arbre.

Ils n'osaient ni se parler, ni se regarder, ni
s'éloigner. Maurice affectait un air froid et tenait
ses yeux baissés ; mais ses regards suivaient avec
avidité les moindres mouvements des rubans bleus
sur la robe de sa voisine. Il savourait silencieusement son bonheur. Les *violoneux* jouaient un *bal ;*

c'est une danse du pays, une sorte de bourrée ou
les danseurs, deux à deux, tournent en face l'un
de l'autre, tantôt se quittant et tantôt se reprenant.
Maurice et Lucile connaissaient bien ce rythme
naïf ; autrefois ils avaient bien souvent dansé le
bal ensemble sur cette même brande. En entendant une certaine phrase musicale qui leur rappelait mille souvenirs, ils tressaillirent tous deux,
cette fois leurs regards se rencontrèrent, souriants
et humides.

« Aimeriez-vous à danser un *bal?* demanda
Maurice enhardi.

— Volontiers, » répondit-elle simplement.

Ils se prirent les mains et s'élancèrent dans la
foule, et comme ils dansaient face à face, les
mains dans les mains, les regards confondus, aux
sons de cet air rustique, le passé ressuscita pour
eux... Tout à coup les violons s'arrêtèrent. « Déjà !
s'écria Maurice. Il me semble que les *bals* sont
plus courts qu'autrefois ; les *violoneux* nous en ont
volé la moitié.

— Si vous voulez, dit Lucile en riant, nous
danserons aussi une contredanse !

— Je n'osais pas vous le demander, » répondit-il.

Elle le regarda d'un air étonné. « Pourquoi?...
vous osiez bien autrefois !

— Oui, mais il y a cinq ans entre ce temps-là et aujourd'hui... » Il s'arrêta, craignant d'en trop dire. Les violons jouèrent une ritournelle, et la contredanse commença.

Dans les intervalles de chaque figure, ils reve-naient à leur place, se regardaient rapidement, ouvraient les lèvres pour parler et restaient muets. Ils avaient tous deux mille choses à se dire, et n'osaient commencer : Maurice, parce que la ten-dresse débordait de son cœur et qu'il voulait l'y renfermer ; Lucile, parce qu'elle se sentait plus embarrassée et plus intimidée qu'elle ne l'avait prévu. Cependant les minutes s'envolaient, et Mᵐᵉ Désenclos désespérait déjà d'obtenir l'expli-cation qu'elle désirait. Elle se décida donc à parler la première, et dit brusquement à Maurice, sans le regarder : « Pourquoi n'êtes-vous pas venu aux Palatries?... Votre oubli m'a fait de la peine. »

— Je ne vous ai pas oubliée, répondit-il, mais l'accueil que j'ai reçu de vous à la Commanderie m'a effrayé ; j'ai pensé que ma visite pourrait vous déplaire.

— Pourquoi ?... » demanda-t-elle en tournant tout à coup vers lui ses beaux yeux si expressifs.

Maurice sentait son cœur battre et sa tête tour-ner, il avait des lèvres ouvertes pour répondre :

« Parce que je vous aime et que vous n'êtes

plus libre ;... » mais il fut retenu par un sentiment de délicatesse et par le souvenir de ses sages
résolutions. La danse suspendit leur entretien, et
quand ils se retrouvèrent l'un près de l'autre, ils
restèrent de nouveau silencieux. Pourtant au moment où le quadrille allait finir, Lucile impatientée
du mutisme de Maurice, lui demanda s'il était
vrai, comme on le prétendait, qu'il eût l'intention
de quitter les Ages.

« Oui, répondit-il, je retournerai à Paris dans
quelques jours. »

Elle le regarda d'un air de reproche. « Ainsi,
dit-elle, vous ne seriez pas venu me voir... Après
cinq ans !... » Elle prononça ces paroles avec un
tel accent de tristesse que Maurice n'y put résister.

« Eh bien, s'écria-t-il, je vous promets de ne
point partir sans vous faire mes adieux.

· — Adieux ?... Ne dites pas ce vilain mot ! Oui,
sérieusement je compte sur votre visite. J'aurai
tant de plaisir à causer du bon vieux temps !
Quand vous verrai-je ? »

Maurice ne répondit pas immédiatement. La
pensée de revoir Lucile aux Palatries, l'idée d'une
présentation à M. Désenclos, lui causaient un
secret déplaisir et le retenaient. « N'allez-vous
plus jamais, dit-il enfin, vous promener du côté
des roches de Chaffaux ? » Et sur sa réponse affir-

mative il reprit après un moment d'hésitation :
« Si vous le vouliez, nous referions ensemble ce
pèlerinage au premier jour.

— Ce serait charmant, s'écria-t-elle étourdiment, allons-y dès demain!... »

Elle avait à peine achevé qu'elle regretta de
s'être engagée si vite ; c'était presque un rendez-
vous qu'elle venait de donner à Maurice. Elle
comprit son imprudence et voulut se dédire ; mais
elle pensa en même temps que Maurice verrait
dans son refus une marque de défiance et s'offen-
serait de nouveau. D'ailleurs où était le danger ?
N'avait-elle pas, lorsqu'elle était jeune fille, fait
maintes fois cette promenade avec lui ? N'emmè-
nerait-elle pas Madeleine avec elle ? Enfin Maurice
n'allait-il pas quitter les Ages ? La contredanse
venait de finir. Elle releva vers lui ses regards
limpides et confiants, et avec un geste amical :
« Merci, dit-elle, et au revoir ! »

Tandis que Maurice et Lucile dansaient, Mme de
Labrousse errait à travers la *ballade*. Elle se
croyait déjà des droits sur M. Jousserant, et elle
avait vu avec dépit Mme Désenclos accaparer toute
son attention. Désappointée et maussade, elle avait
quitté sa compagnie pour aller jeter un coup
d'œil du côté de la *louée*. Presque tous les jeunes
gens étaient déjà *gagés*, et il ne restait plus çà et

là que quelques retardataires errant à la recherche
d'un maître. Parmi eux, la veuve distingua tout
à coup Jacques Chantepie, mais Jacques transfor-
mé et méconnaissable. Il avait une blouse neuve,
une chemise blanche et un grand feutre au ruban
duquel était fixée une branche de houx. Mme de
Labrousse s'arrêta devant lui, et ils échangèrent
un regard rapide. La robuste apparence, les manières brusques et l'attitude hautaine de Chantepie
firent impression sur elle, et elle lui demanda s'il
voulait se louer comme garde à la Commanderie.
— Oui, répondit Jacques d'un ton bourru, mais à
une condition, c'est que vous prendrez Rougeaud
avec moi.

— Qui ça, Rougeaud ?

— Mon chien.

— Va pour Rougeaud, dit la veuve avec un éclat
de rire ; voilà dix francs d'arrhes, je t'attendrai
demain. »

Sitôt le marché conclu, Jacques alla droit à la
danse et dit à Simonne : « Sais-tu ce que je viens
de faire ? Je viens de me gager comme garde chez
Mme de Labrousse... Maintenant nous allons danser une danse ensemble.

— Je ne saurais, répondit-elle, j'ai un danseur.

— Qui ?

— M. Maurice Jousserant ! s'écria-t-elle toute fière. »

En effet, Maurice, selon la promesse qu'il avait faite à Sylvain, s'avançait vers la jeune fille. « Encore lui ! » grommela Jacques ; puis il tourna le dos à Simonne et s'éloigna en jetant à Maurice un regard furieux.

Peu à peu le crépuscule tomba, et la foule s'éclaircit. Les violoneux étaient las, les danses se succédaient plus lentement ; à la brune, elles cessèrent tout à fait. Les dernières voitures se mirent en marche et disparurent sous la feuillée. La brande redevint solitaire et silencieuse. La nuit distilla doucement sa rosée sur les bruyères, et les herbes foulées se redressèrent insensiblement. Maurice, seul et à pas lents, regagnait les Ages par le plus long chemin. Tandis que les herbes couchées se relevaient, son amour demi-mort revenait à la vie, et tandis que les grillons agitaient leurs grelots au clair de lune, ses plus joyeux souvenirs réveillés chantaient en lui comme des rossignols.

Le lendemain matin, Lucile en ouvrant sa fenêtre vit le ciel gris et menaçant. Elle avait réfléchi pendant la nuit à la promesse faite à Maurice, et, préoccupée d'un engagement pris un peu à la légère, elle se rassura en songeant que la pluie arriverait à propos pour la tirer d'embarras; mais à midi les nuages s'écartèrent, et un soleil pâle glissa sur la vallée. M. Désenclos était parti pour une excursion botanique et ne devait rentrer qu'à la nuit close; elle avait une pleine journée de liberté, et d'ailleurs personne ne s'inquiétait jamais des promenades qu'elle faisait souvent seule dans la campagne. Sans doute Maurice, sur la foi de ce rayon de soleil, était allé l'attendre aux roches. Si elle n'y paraissait pas, n'aurait-il pas le droit de s'offenser de ce manque de parole?... Une nouvelle éclaircie acheva de la décider : elle renonça seulement à prendre sa fille avec elle à cause de l'humidité, et se dirigea seule vers les roches de Chaffaux en longeant la prairie.

L'air était tiède, presque lourd. Le ciel, brouillé de blanc et de bleu, avait un aspect doux à l'œil. De temps en temps, un rapide coup de soleil illuminait les prés et les montrait dans toute la splendeur de leur floraison. L'herbe mûre, épaisse, onduleuse, semblait vouloir submerger les buissons et les troncs d'arbres sous ses vagues verdoyantes; un blond nuage de pollen s'en exhalait au moindre vent, et des milliers d'insectes planaient au-dessus des graminées en fleur. La prairie entière n'était qu'un délicieux bourdonnement. Les sons, les couleurs et les parfums y formaient un concert, une invitation à la joie et à l'amour. Lucile, tout en marchant, sentait l'effet de cet enivrement printanier. Ses hésitations avaient disparu, et il lui tardait d'arriver.

A une lieue des Ages, en amont, la Charente bordée à gauche par des bois, et à droite par de hautes roches marbrées de lierre. La vallée se resserre et semble un profond couloir de verdure d'où l'on ne voit que des arbres et un pan de ciel bleu. Des poules d'eau cachées dans les joncs des rives, deux ou trois pies babillardes et des berge- ronnettes sans cesse frétillantes sont les seuls hôtes de cette solitude. Ceux qui veulent rêver en liberté, ceux qui aiment la nature sauvage et charmante à la fois, y trouvent un paysage à leur gré. La rivière y serpente entre des bouquets d'aunelles ; une ancienne digue à demi ruinée la coupe en biais et permet d'aller des roches au taillis sans trop se mouiller les pieds. C'est là que Maurice attendait Lucile. Dévoré d'impatience, il marchait le long de la rive, piétinant à travers les herbes, grimpant aux roches et ne pouvant calmer l'émotion qui l'agitait. Le ciel s'était de nouveau couvert, et une douce ondée mouilla les plantes. « Maudite pluie ! » pensait-il... Il s'assit découragé sur la pierre. Tout à coup... non, ce n'était pas une illusion, c'était bien une ombrelle brune qui avait l'air de courir là-bas entre les saules!... Il distingua le chapeau de paille et la robe grise de Lucile. La jeune femme s'avançait d'un pas net et léger dans le petit sentier bordé de grandes sauges. Maurice courut au-devant d'elle. « Vous voyez, dit-elle en secouant quelques gouttelettes qui avaient roulé sur sa robe, je suis une vraie campagnarde, et une ondée ne m'effraye point. »

Ils s'assirent à l'abri des roches et restèrent un moment silencieux. Ils semblaient étonnés de se retrouver seuls dans cette retraite, d'où l'on voyait entre les saules les prés mouillés scintiller au soleil. Partout où ils portaient leurs yeux, les moindres détails du paysage les replongeaient au sein des meilleurs souvenirs de leur jeunesse. Ils étaient venus autrefois à cette même place par une pluvieuse matinée de juin semblable à celle-ci. Maurice le rappela aussitôt à Lucile. Ils avaient fait une longue course à travers les prés, et quand ils étaient revenus s'asseoir près des roches, le cou et les bras nus de la jeune fille étaient tout semés de débris de fleurettes que le vent et l'ondée y avaient collés. Peu à peu les moindres accidents de leur première jeunesse défilèrent dans leur conversation comme les grains d'un poétique chapelet. Ils croyaient être encore au temps passé. L'illusion ne cessa que lorsque le nom de M. Désenclos vint par hasard sur les lèvres de la jeune femme. Rejeté brusquement dans la réalité, Maurice devint pensif. Le rayon qui avait illuminé un moment sa physionomie s'évanouit. « Etes-vous heureuse aux Palatries ? » demanda-t-il tout à coup.

Elle sourit. « Heureuse ?... je le crois, si le bonheur consiste à vivre dans le calme et le bien-être... Pourtant j'ai aussi mes heures d'ennui. » Elle lui parla aussi de son intérieur. Elle était presque toujours seule à la maison ; son mari la gâtait comme une enfant et ne lui laissait rien à désirer ; mais il était fou d'histoire naturelle, faisait huit lieues pour trouver une plante et ne rentrait qu'à la nuit.

« N'avez-vous pas une petite fille ? dit Maurice.

— Oui, Dieu soit loué ! — et la figure de Lucile s'épanouit, — c'est toute ma vie que cette enfant-là ! Elle est si mignonne et si caressante ! Vous ferez connaissance avec elle quand vous viendrez aux Palatries. »

Maurice secoua la tête en la regardant tristement. Il allait essayer de lui faire entendre aussi délicatement que possible pourquoi il ne pouvait devenir l'hôte des Palatries ; mais elle ne lui en

laissa pas le temps, et l'interrompant avec une
vivacité mutine : « Voyez, s'écria-t-elle, les beaux
chèvrefeuilles, la-bas, de l'autre côté de l'eau!
Venez, nous allons cueillir un bouquet! »

Elle s'élança légèrement vers la rivière et la
traversa en suivant la digue. Elle sautillait sur les
pierres comme une bergeronnette. En un endroit
où le courant élargi séparait deux assises de
moellons, elle s'arrêta hésitante. Maurice accourut
et voulut la porter dans ses bras. « Non! dit-elle
en rougissant, pas de cette façon ; donnez-moi la
main. » D'un bond ils sautèrent ensemble sur la
dernière assise. Ils avaient atteint l'autre rive, et
Maurice tenait toujours les doigts de Lucile dans
sa main brûlante. Elle les dégagea rapidement et
se mit à cueillir des fleurs : les chèvrefeuilles, les
viornes, les digitales, tout y passa, Elle s'était dé-
barrassée de son chapeau, ses cheveux flottaient
en liberté, ses yeux brillaient... Quand elle eut
complété sa gerbe, elle s'abattit tout à coup sur
l'herbe comme un bel oiseau, et, tout en jasant,
procéda à l'arrangement de son bouquet. Maurice, silencieux le plus souvent, la regardait,
l'admirait et buvait avidement ses moindres paroles. Il aspirait avec délices la suave
odeur de violette qui s'exhalait des vêtements de
Lucile. Par moments un frisson le prenait, et

il était tenté de couvrir ses pieds de baisers.

Le soleil cependant s'abaissait de plus en plus vers les bois. Lucile se leva. « Quel dommage de partir! soupira Maurice, il faisait si bon ici!

— Oh! dit-elle tout heureuse de pouvoir exaucer le désir à demi étouffé sous ce regret, je ne suis obligée de rentrer qu'à la nuit, et si vous voulez, nous nous en reviendrons tout doucement par les bois et la brande. »

Ils s'engagèrent dans un sentier sablonneux ombragé par les ramures des châtaigniers, et en cheminant ils continuèrent à parler de leur première jeunesse. A mesure qu'ils marchaient, leur causerie devenait plus familière et plus tendre. Pas un mot d'amour n'était prononcé, mais l'amour lui-même était dans leurs sourires et dans leurs inflexions de voix.

Le crépuscule commençait lorsqu'ils débouchèrent dans la brande. De longs nuages gris masquaient le ciel, un fin brouillard montait de la vallée et planait sur le taillis. Au couchant, une dernière rougeur perçait la brume et jetait sur les bruyères une lueur fantastique dans laquelle les objets semblaient flotter confusément comme des apparitions d'autrefois. Au loin, dans la campagne, un pâtre chantait d'une voix lente et sonore ce vieux refrain :

Rossignol sauvage,
Rossignolet des bois,
Apprends-moi ton ramage
Apprends-moi la manière
Dont on se fait aimer.

« Quelle belle soirée, n'est-ce pas ? » dit Lucile. Et, tout en parlant, elle se mit à courir dans la bruyère, puis s'arrêta au pied d'un arbre, essoufflée et rieuse. « Oh ! je suis bien contente, dit-elle ; n'est-ce pas que vous ne partirez point ?

— Je ferai tout ce que vous voudrez, » s'écria Maurice enivré.

Il lui saisit la main et la couvrit de baisers. La jeune femme se rejeta brusquement en arrière. « Vous m'en voulez, et je vous ai déplu !... dit-il d'une voix timide.

— Non, mon ami, répondit-elle, n'ai-je pas confiance en vous ? »

Elle lui tendit de nouveau sa petite main et serra la sienne avec une vivacité nerveuse.

IV

Ce soir-là, à la même heure, M. Désenclos traversait la brande du Puits-Carré, au retour de son excursion. Il était escorté de Jacques Chantepie et du chien Rougeaud. La journée avait été bonne et la boîte du *cueilleux d'herbes* était remplie de précieux échantillons ; aussi était-il gai et dispos. Sa longue figure fine était éclairée d'un sourire, et il s'entretenait joyeusement avec Jacques de ses trouvailles et du succès de ses recherches. Chantepie l'écoutait d'un air attentif et respectueux. Il avait pour M. Désenclos une sorte de culte qui tenait de l'attachement du chien pour son maître et de l'admiration du sauvage pour l'homme civilisé. Lors d'un démêlé qu'il avait eu avec la justice, l'influence du propriétaire des Palatries l'avait seule sauvé de la prison ; mais c'était là le moindre des liens qui le retenaient près de M. Désenclos : ce qui surtout l'avait touché et conquis, c'était la science du *cueilleux d'herbes* et son amour des choses de la nature. Enfant des bois, braconnier, dénicheur d'oiseaux, Chantepie avait été saisi et émerveillé du respect de ce bourgeois pour les plantes sauvages et les insectes. Le savoir profond et familier de M. Désenclos lui inspirait un sentiment de vénération. De son côté, le propriétaire des Palatries avait apprécié les nombreux talents de ce vagabond émérite ; il avait reconnu dans Jacques une expérience très sûre des détails de la vie fo-

restière et un goût instinctif pour les sciences na-
turelles. Dans tout le pays, Jacques était le seul
qui s'intéressât à ses découvertes, et dans tout le
canton aussi M. Désenclos était le seul qui ne
traitât pas Chantepie en bohémien et en repris de
justice. Toutes ces considérations avaient fini par
les attacher l'un à l'autre. Ils se comprenaient et
s'aimaient de jour en jour davantage.

Après avoir longtemps et silencieusement écouté
le botaniste, Jacques secoua la tête, et d'un air
sombre : « Vous êtes un homme heureux, vous
monsieur Désenclos, murmura-t-il, tout vous
réussit ; moi, je suis né avec le guignon dans le
ventre !

— Patience ! Jacques, tu auras ton tour.

— Jamais ! dit-il, puis il ajouta : Si seulement
la Simonne voulait me prendre pour mari ! Cette
fille-là m'a ensorcelé... Elle n'a eu qu'un mot à
dire, et j'ai laissé la brande et la liberté du bon
Dieu pour me mettre en service à la Commanderie... Et maintenant elle se gausse de moi avec
son meunier... Ah ! si vous vouliez lui parler sérieusement , si surtout Mme Désenclos voulait
s'en mêler, il y aurait peut-être de l'espoir. Après
tout, je vaux bien ce damoiseau de Jacquet ; j'ai
deux bras comme lui, et s'il a plus beau museau
que le mien, je suis moins sot que lui.

— Eh bien, je parlerai à ma femme, dit M. Désenclos, nous plaiderons ta cause, sois tranquille... Mais voici le chemin qui va à la Commanderie, c'est ici que nous nous séparons. Bonne nuit, mon camarade, courage et patience !... »

Au moment où M. Désenclos prenait à travers les ajoncs le chemin qui passe à l'Hermitage et descend dans la vallée, Lucile au bras de Maurice, se dirigeait vers le même sentier. Ils virent tout à coup de loin la maigre silhouette du maître des Palatries se découper en noir sur l'horizon. « Voici mon mari ! » s'écria Lucile... Elle s'arrêta et regarda Maurice, qui était devenu pâle et grave.

« Que faire ? dit-il. S'il nous voit, que va-t-il penser de vous ?

— Il y aurait, répondit la jeune femme, une chose bien simple, ce serait d'aller tout bonnement à sa rencontre ; je vous présenterais à lui, et il rirait le premier de notre aventure. »

La situation était loin de paraître aussi simple à Maurice. Il redoutait de se trouver en face de M. Désenclos ; il prévoyait que son trouble le trahirait, et qu'alors le mari, fût-il le moins clairvoyant des hommes, ne pourrait manquer d'ouvrir les yeux. « Non, dit-il enfin d'une voix sourde, c'est impossible ! »

La position devenait de moment en moment plus critique : M. Désenclos semblait avoir remarqué les promeneurs et se dirigeait de leur côté. Lucile vit l'air soucieux de Maurice, et prenant selon son habitude une soudaine résolution : « Eh bien, puisque cela vous contrarie, sauvons-nous en nous cachant derrière les ajoncs ! » Elle lui saisit la main, et, se courbant tous deux, ils glissèrent derrière l'une des haies qui encaissaient le sentier. M. Désenclos passa au même instant et contempla un moment d'un air intrigué les deux ombres fuyantes.

Ils s'arrêtèrent quand ils eurent gagné le bois. Lucile riait de cette belle équipée comme un enfant qui a fait une espièglerie à son maître. « Pensez-vous qu'il vous ait reconnue ? demanda Maurice.

— Je ne le crois pas, dit-elle, car il fait déjà sombre. »

Maurice sentait de la glace couler dans ses veines. « Vous le voyez, je vous perds ! » murmura-t-il.

Lucile se moqua de sa frayeur, et affirma de nouveau que son mari n'avait pu les reconnaître. « D'ailleurs, ajouta-t-elle, pour prévenir tout soupçon, je vais faire en sorte d'arriver la première aux Palatries. » Ils hâtèrent le pas et suivirent le sentier qui longe le moulin des Ages, sans se douter qu'il y avait là, derrière les ajoncs, un autre témoin de leur fuite et que celui-là les avait reconnus.

Quand ils eurent disparu, Jacques sortit du fourré et lança un regard dans la direction du moulin. « Sa femme ! murmura-t-il entre ses dents, c'était sa femme !... Ah! pensait-il, je l'ai trop tôt complimenté de son bonheur... Toujours ce Jousserant! je me heurte partout contre lui. Sûr, il y a un malheur entre lui et moi;... mais patience, je tiens un secret qui peut le mener loin !... » Chantepie resta encore longtemps immobile au milieu de la brande. Puis il redescendit vers la Commanderie d'un pas rapide, comme si la découverte qu'il venait de faire l'eût rendu plus léger de moitié.

Après s'être assuré que Lucile avait pu gagner à temps les Palatries, Maurice rentra aux Ages, en proie à la fièvre de l'anxiété. La maison dormait. Il se glissa dans sa chambre avec les mêmes précautions que s'il venait de faire un mauvais coup. L'angoisse lui serrait la gorge, ses tempes battaient, son front était mouillé de sueur. La nuit, tout change de proportions et s'exagère. Les craintes de Maurice se développèrent avec une intensité étrange, et d'effrayantes images peuplèrent l'obscurité où il était plongé. Vers trois

heures, il vit enfin les grises lueurs de l'aune
poindre au-dessus des arbres. Les coqs chan-
tèrent dans les borderies voisines; le meunier leva
les vannes du moulin, et l'eau se précipita tout
en rumeur sur les roues; des paysans conduisant
leurs chevaux à l'abreuvoir passèrent en sifflant
des airs du pays. L'agitation et le bruit recom-
mençaient avec la lumière croissante, et Maurice songeait tristement à ce jour qui se levait
'peut-être pour le malheur de Lucile. Le sommeil
cependant l'emporta sur l'angoisse, et il s'endor-
mit dans son fauteuil.

Huit jours se passèrent, huit journées d'inquiétude et de remords. Il n'avait aucune nouvelle de
Mme Désenclos et n'osait même pas prononcer son
nom; il craignait de se laisser voir aux environs
des Palatries et ne quittait plus les Ages. On touchait à la fin de juin, les prés étaient mûrs, et la
fenaison commença. Souvent le soir Maurice voyait
de sa fenêtre les chars couverts de foin rouler lentement dans la direction des Palatries. Une fois
même il crut distinguer à la suite des faneuses et
des faucheurs le chapeau de paille et la robe claire
de Mme Désenclos. La charrette était ornée de
feuillages enrubannés, et les ouvriers l'escortaient
en chantant; c'était la dernière meule qu'on venait de charger et qu'on ramenait avec solennitée

on célébrait le *berlaud,* c'est-à-dire la clôture de la
fenaison. Maurice écouta les chœurs joyeux, le
bruit sourd des roues, les claquements du fouet
des charretiers, et se sentit réconforté et rassuré
par la vue de Lucile. Puisqu'elle se mêlait à la
fête, c'est que rien de fâcheux ne lui était arrivé.
Il sortit le lendemain matin et traversa la prairie
des Ages. En passant près d'une haie, il entendit
deux jeunes voix et reconnut Simonne et la petite
Madeleine. Il courut à l'enfant de Lucile et la prit
dans ses bras ; tout en la caressant et en lui souriant, il reposait avec bonheur ses regards sur
cette mignonne petite fille qui se cramponnait à
son cou, demi-joyeuse et demi-effarouchée : il
retrouvait les traits de la mère dans ceux de l'en-.
fant. Il la couvrit de baisers, puis lui rendit la
liberté et la regarda jouer dans l'herbe. Il se sentit
ému, ses yeux se mouillèrent, et une bonne pensée lui vint au cœur. « Je quitterai le pays, dit-il ;
j'aime Lucile et je veux la respecter, afin qu'un
jour cet enfant n'ait pas à me maudire... Oui, je
partirai . » Il prit de nouveau Madeleine dans ses
bras et la baisa au front, puis il rentra aux Ages,
bien décidé à s'éloigner.

Le soir même, la mère Jacquet vint le trouver.
Elle était soucieuse et parlait avec un accent plus
plaintif encore que de coutume. « Ah ! dit-elle,

mon pauvre monsieur Maurice, tout va de mal en pis ; Sylvain est dans la désolation... Simonne est sur le point d'épouser ce mauvais gars de Chantepie. » Elle conta alors à Maurice que M. Désenclos, ayant fait de la morale à Simonne, avait fini par la décider à reprendre son ancien amoureux. Simonne n'avait dit ni oui ni non, et avait dansé avec Jacques pendant toute la soirée du *berlaud*.

« Hélas ! hélas ! soupirait la meunière, que va devenir notre Sylvain ? Il est capable de se jeter dans le bief... Une si belle fille, ayant des économies et de bonnes terres du côté de Voulême !...

— C'est fâcheux, dit Maurice ; mais je n'y puis rien... »

Alors les lamentations et les larmes recommencèrent. « Ah! continua la mère Jacquet entre deux sanglots, si vous vouliez... si vous vouliez dire deux mots à Mme Désenclos... Elle fait ce qu'elle veut de son mari, et le maître des Palatries volerait la lune, si elle la lui demandait. » Maurice se leva d'un air impatienté et répondit brusquement qu'il n'allait jamais aux Palatries et ne voulait pas se mêler de cette affaire.

— Faites excuse, monsieur Maurice, reprit la meunière de sa voix la plus mielleuse, je ne savais point ; je croyais que vous étiez toujours ami avec la dame des Palatries ; je pensais que...

— Que pensiez-vous ? s'écria-t-il avec colère et en lui saisissant le bras.

— Ah! bonnes gens ! notre maître, ne vous fâchez point!... Je pensais, comme tout le monde, que vous voyiez la jeune dame tout autant que par le passé..., alors que vous vous promeniez ensemble le long de la rivière, bien loin, jusqu'aux roches de Chaffaux... Et je me disais : Ils étaient si amis autrefois que, pour sûr, ça n'a point pu se passer si vite... Ces amitiés-là, le temps ne mord point dessus !... Et alors je pensais qu'en vous promenant avec elle, un jour... vous pourriez lui recommander mon Sylvain et qu'elle n'aurait rien à vous refuser. »

Maurice l'écoutait avec stupeur. « Assez !... » s'écria-t-il. Elle sortit et laissa le jeune homme atterré. « Elle sait tout, se dit-il ; elle nous a vus et nous tient à sa discrétion. Si je lui refuse mon aide, elle tuera la réputation de Lucile à coups de langue. » Il fallait renoncer à partir et voir Mme Désenclos au plus vite... Mais où et comment?... La Commanderie était le seul endroit où il eût quelque chance de la rencontrer. Il y alla dès le lendemain.

En le voyant entrer Mme de Labrousse poussa une exclamation joyeuse. « Eh quoi ! c'est vous, dit-elle, je vous croyais en train de devenir trap-

piste ! » Maurice s'excusa de son mieux en songeant qu'il serait peut-être obligé de revenir plusieurs fois à la Commanderie, et fit tous ses
efforts pour gagner les bonnes grâces de la
veuve. Mme de Labrousse fut charmée de ce
retour, sur lequel elle ne comptait plus, et se mit
en frais de coquetterie. A six heures, Lucile n'a-
vait point paru ; Maurice prit congé en promet-
tant de fréquentes visites. Il revint en effet deux
jours après, et Césarine, ravie de cet empresse-
ment, l'invita à dîner pour le lendemain.

Lorsqu'il arriva, il trouva Lucile au salon. Elle
était très pâle et paraissait fatiguée ; ses regards,
plus animés et plus brillants encore que de coutume, contrastaient avec cette pâleur et trahis-
saient une intérieure et violente agitation. Elle
souffrait en effet d'un mal ignoré jusque-là, —
la jalousie. Ne sachant rien des luttes et des anxiétés de Maurice, ne comprenant ni son silence, ni
sa persistance à fuir les Palatries, elle avait supposé qu'un intérêt plus vif l'attirait ailleurs, et
elle avait songé à la Commanderie. Elle s'était
souvenue de la pêche aux écrevisses, elle avait
rassemblé tous les incidents de cette soirée si
pénible pour elle, et peu à peu elle s'était convaincue que Maurice ne la fuyait qu'afin de visiter plus librement Mme de Labrousse. Elle avait

pendant des journées entières roulé cette idée
dans son esprit malade, comme on retourne le
fer dans la plaie. A la douleur qu'elle éprouvait,
elle sentait combien son affection pour Maurice
était devenue puissante. Elle essayait en vain de
détacher son cœur de cette tyrannique amitié,
elle la voyait croître chaque jour, et chaque jour
aussi sa souffrance grandir.

Une rapide rougeur passa sur ses joues quand
elle vit entrer Maurice ; mais elle trouva la force
de prendre une attitude calme, presque indifférente. Elle fut, pendant tout le dîner, silencieuse
et maussade. Quand on passa de la salle à manger
au jardin, Maurice, resté seul un moment avec
elle, lui demanda rapidement la permission de la
reconduire le soir aux Palatries. Elle resta inter-
dite et toute frissonnante, et ne put répondre que
par un signe de tête. Césarine revint, et Maurice
eut à supporter deux heures de banalités. Vers
neuf heures enfin, Lucile se leva et pria M. Jousserant de la ramener chez elle. Le domaine de
M. Désenclos étant sur le chemin des Ages, la
chose parut toute naturelle à Mme de Labrousse :
elle accompagna les deux jeunes gens jusqu'au
seuil du jardin et leur souhaita gaiement le bonsoir.

Lucile n'avait pas pris le bras de Maurice, et ils

cheminaient silencieusement côte à côte. Quand
ils ne furent plus qu'à une centaine de pas des
Palatries : « Vous avez desiré me parler, dit la
jeune femme, je vous écoute. » Elle prononça ces
mots très vite et avec un accent plein d'âpreté.

Maurice lui conta en peu de mots la conversation qu'il avait eue avec la mère Jacquet et les
allusions insidieuses de la meunière. « Voyez,
dit-il en finissant, où mon imprudence vous a
conduite ! vous voilà forcée de céder aux menaces
de cette femme... Pouvez-vous maintenant parvenir à changer les résolutions de M. Lésenclos ? »

Lucile, après être restée un moment pensive,
répondit d'un ton bref qu'elle se chargeait de
tout... « Rassurez-vous donc, ajouta-t-elle amè-
rement, aucun ennui ne viendra plus déranger
vos plaisirs. »

Maurice la regarda d'un air étonné et attristé.
Elle avait ralenti le pas, et, le visage tourné vers
la haie vive qui bordait le chemin, elle brisait
entre ses doigts les extrémités fleuries des troè-
nes. Le jeune homme, navré par la dureté des
réponses de Lucile, voulut essayer de lui expliquer les motifs de sa conduite, mais elle l'arrêta
dès les premiers mots : « Laissons cela, dit-elle,
vous ne me devez aucun compte de vos actions.

— Ah ! s'écria-t-il douloureusement, vous ne voulez donc pas me comprendre ! »

Elle releva vers lui ses yeux brillants : « Je comprends une chose, dit-elle avec cette vivacité qui lui était ordinaire, c'est que vous vous plaisez à me faire de la peine... »

— Je souffre plus que vous, répondit-il. Elle garda le silence, mit la main sur ses yeux et détourna la tête. « Lucile, ajouta Maurice, laissez-moi vous parler raison !... » Il lui prit la main et la trouva moite de larmes. « Chère enfant, poursuivit-il tout ému, je vous suis plus attaché que vous ne pensez !... »

Lucile continuait à détourner la tête et à verser des larmes sans parler. Son cœur était gonflé au point d'éclater. Maurice se pencha doucement vers elle, et ses lèvres se trouvèrent alors si près des cheveux de la jeune femme qu'il ne put résister à la tentation d'y déposer un baiser. « Songez, murmurait-il d'une voix tremblante, songez que le monde est terrible ; si nous nous revoyons, on ne croira pas à notre amitié, on dira que c'est de l'amour... »

Elle tressaillit, se retourna vivement vers lui, et le sentiment longtemps comprimé en elle fit explosion. « Eh bien, s'écria-t-elle, on dira vrai... je vous aime toujours ! »

Et, rouge de confusion, palpitante, les yeux encore pleins de larmes, elle s'enfuit vers les Palatries, ouvrit précipitamment la porte du jardin et disparut...

Le lendemain Maurice écrivait à son ami Hubert une longue lettre ; il avait besoin de parler de son amour et d'épancher son cœur.

« Je t'avais annoncé mon prochain départ, lui disait-il ; je ne partirai pas. Tout est changé, mon ami ! Le ciel est bleu, le monde est beau ! Elle m'aime !... Je ne devrais pas le dire, je devrais le taire, — à toi surtout ; mais mon bonheur m'étouffe, et il faut que je parle. Ne me fais pas de morale, c'est inutile. Je l'aime, et le monde entier me crierait que j'ai tort, que je ne l'écouterais pas. — Ne la blâme pas, son amour sincère est plus honnête que la réserve de bien des femmes qui se croient vertueuses. Si tu avais pu la contempler hier, à la nuit, dans ce petit chemin vert des Palatries ; si tu avais entendu sa voix frémissante, si tu avais vu ses yeux bruns briller tout humides à la clarté des étoiles ! Elle pleurait ! Chères larmes ! quand elles ont coulé, "ai senti que ma vie tout entière lui appartenait... Non, je ne partirai pas ; je resterai près d'elle, dans ce beau pays, dans cette douce vallée de la Charente où tout respire et chante l'amour.

Ma destinée est dans ses mains ; quoi qu'il arrive, sa volonté sera la mienne, mon cœur battra où battra le sien, et nous nous aimerons en dépit du monde entier !... »

Tandis que Maurice écrivait ces lignes, Lucile pensait à lui et se sentait l'âme remplie d'une émotion délicieuse. L'épanouissement de l'amour dans un cœur jeune est une fête charmante. Elle éprouvait une sorte de féerique éblouissement. Le soir, quand tout dormait, elle allait s'asseoir sur la terrasse ; elle aspirait lentement l'air tiède de la nuit et jetait un long regard sur l'horizon étendu devant elle : — au ciel, un fourmillement d'étoiles ; sur la terre, un clair-obscur à travers lequel on entrevoyait les formes adoucies des arbres et des coteaux ; dans l'air, un parfum de chèvrefeuille et de jasmin. La nature était imprégnée d'une volupté suave. Lucile oubliait le lieu et l'heure, il lui semblait qu'elle voyait devant elle s'entr'ouvrir les portes d'or d'un monde enchanté. Elle écoutait avec ravissement le cri d'un petit grillon qui murmurait dans le jardin, puis elle se souvenait des moindres mots de Maurice, et elle prenait plaisir à se les chanter à elle-même en suivant la rustique mélopée du grillon. Les enivrements de son cœur lui montaient alors aux joues en rougeurs subites, comme la sève monte en mars dans les jeunes oseraies et les empourpre.

Dès le lendemain de son entretien avec Maurice, elle s'était occupée du mariage de Simonne. La jeune fille, qui, au fond, se sentait attirée vers Sylvain Jacquet, fut facilement convertie à l'idée de rompre avec Chantepie. Quant à M. Désenclos, après avoir fait d'abord une vive résistance et longuement plaidé la cause de son protégé, il finit par céder devant la volonté persistance de sa femme et le désir nettement exprimé de Simonne. Quelques jours après, Jacques Chantepie vint à la brune chercher une réponse définitive et trouva le *cueilleux d'herbes* et Lucile sous les platanes du jardin. Jacques les salua de son air gauche et farouche, et sans parler interrogea du regard M. Désenclos. Ce regard anxieux remua profondément le maître des Palatries; il comprit que le moment était venu de faire connaître courageusement la situation au prétendant évincé, et, après avoir donné à Jacques une cordiale poignée de main, il lui annonça tristement qu'il fallait renoncer à Simonne. Jacques regarda le botaniste sans desserrer les lèvres, recula de quelques pas et s'appuya contre un arbre.

« Ah! dit M. Désenclos, que cette douleur muette touchait de compassion, j'ai bien fait ce que j'ai pu ; mais quoi ? Simonne ne t'aime pas.

— Mais je l'aime, moi ! » s'écria Chantepie, et il mit dans ce cri un accent déchirant où l'on devinait toute la violence de sa passion naïvement égoïste. Ses yeux fauves, ordinairement voilés, s'étaient tout grands ouverts, et leurs regards soupçonneux et pleins de reproches allaient alternativement de Lucile à M. Désenclos. Ce dernier haussa les épaules. « Tu l'aimes, je le sais, mon pauvre garçon, répondit-il ; mais cela ne suffit pas. En ménage, une affection réciproque donne seule le bonheur, et c'est justement ce que ma femme me faisait observer hier à propos de Simonne... »

Chantepie se tourna brusquement vers Lucile, et la jeune femme fut obligée de baisser les yeux, tant étaient terribles les éclairs que lançait le regard sombre du garde de la Commanderie. « Ainsi, dit-il lentement en continuant de regarder Lucile, vous croyez, monsieur Désenclos, que pour être heureux il ne suffit point d'aimer sa femme de toutes ses forces, et qu'il faut encore qu'elle vous rende la pareille ? »

Lucile pâlit à cette question ; quant à M. Désenclos, il s'anima tout à coup et répondit avec chaleur : « Comment, tu en doutes ! Est-ce que le bonheur est possible autrement ? Une femme

6

qui n'aime pas son mari a beau être bien décidée
à faire son devoir, elle souffre en le faisant, et
son affection ressemble à une plante dépaysée
qui ne pousse qu'en rechignant... Et puis crois-tu
que toutes les femmes sachent se résigner? Il y
en a qui se rebutent et qui trompent leur mari.
Alors quel enfer qu'un pareil ménage! La femme
ment, le mari soupçonne et découvre enfin la
vérité... Dans de telles conditions, le mariage
est le pire fléau qui puisse frapper deux créa-
tures. C'est mon avis du moins, et voilà pourquoi je t'engage à oublier Simonne, qui en aime
un autre... C'est dur, je le sais ; mais plus tard
nous te trouverons une femme qui t'aimera et
qui te rendra heureux. »

M. Désenclos s'était échauffé en parlant, ses
yeux brillaient, ses traits accentués avaient une
expression émue qui les rendait vraiment beaux.
« Nous te trouverons une bonne femme, comme
la mienne, » répéta-t-il en saisissant la main de
Lucile, et en la baisant rapidement. La jeune
femme, tremblante et de plus en plus pâle, avait
écouté les paroles de son mari avec une émotion
toujours croissante. Elle ne l'avait jamais entendu
s'exprimer avec cette animation sur un sujet
étranger à la science; il lui semblait que chaque
mot s'adressait directement à elle, et si l'obscu-

rité n'eût été profonde, on eût pu voir des larmes rouler sur ses joues glacées. Chantepie continuait à fixer sur elle ses yeux luisants comme ceux d'un chat sauvage qui guette un oiseau. « Vous avez raison, monsieur Désenclos, dit-il enfin après un silence ; mieux vaut rester seul que d'être berné par une femme, comme des gens que je connais... Je n'ai point de chance, moi, et, une fois marié, je trouverais un beau soir la Simonne se promenant dans les bois avec un damoiseau... Vous avez raison, n'en parlons plus !... Je ne vous en remercie pas moins, monsieur Désenclos ; vous avez toujours été bon pour moi, vous... Mais ce soir je ne suis point en humeur de causer... Pour lors adieu ! »

Il leur tourna brusquement le dos et disparut dans la nuit. Il était temps, Lucile sentait le cœur lui manquer ; elle fit quelques pas, poussa un long soupir et se laissa tomber sur un banc. « Qu'as-tu mignonne ? fit M. Désenclos effrayé.

— Rentrons, dit-elle toute frissonnante, cet homme m'a fait peur. »

Chantepie, en quittant les Palatries, s'enfuit à travers champs. Quand il fut au sommet du coteau, au milieu des *chaumes* qui dominent la vallée, il s'assit sur une borne et tendit le poing dans la direction des Ages. A ce geste, son chien, qui s'était couché près de lui, se redressa et

poussa de longs aboiements. « Malheur ! grommela Jacques, le guignon ne me lâchera pas, c'est
dit ! » Il enfonça son front dans ses mains. Le
sang lui montait à la gorge, tandis que des pensées de violences confuses tourbillonnaient dans
son cerveau. Il voulait se venger à tout prix, mais
comment ? Révéler à M. Désenclos la trahison de
sa femme ? Non, il aimait trop le *cueilleux d'herbes*
pour lui briser le cœur. Il fallait trouver autre
chose. Il resta longtemps plongé dans une morne
méditation. « Oh ! dit-il en se levant enfin, je me
creuserai tant la tête que je trouverai une idée,
et le jour où je la tiendrai, je l'exécuterai, j'en
jure mon baptême ! »

V

Les noces de Sylvain et de Simonne avaient été
fixées à la Saint-Louis. Ce jour, impatiemment
attendu par la meunière et par son fils, arriva
enfin. Dès le matin, les deux *violoneux* de Savigné vinrent avec les garçons d'honneur chercher
le marié et sa mère. Maurice était de la fête ainsi
que M. et Mᵐᵉ Désenclos, car la noce se faisait

aux Palatries: Cette journée devait être pour lui
une longue souffrance. Dès le premier pas qu'il
fit sur le seuil des Palatries, il sentit sa peine re-
doubler. Il lui fallut tout d'abord serrer la main de
M. Désenclos et subir le cordial accueil d'un homme
dont il allait troubler le bonheur domestique. Il
vit pour la première fois Lucile chez elle, dans ce
doux royaume où tout respirait le bien-être et la
joie ; un pénible sentiment de jalousie et de honte
s'empara de lui et ne le quitta plus. Tout ce luxe,
ces fleurs rares, ces eaux jaillissantes, ces meubles
précieux, toutes ces belles et bonnes choses qui
entouraient Lucile et formaient un cadre si bien
approprié à sa beauté, toutes ces satisfactions que
Maurice aurait tant aimé à lui prodiguer, elle les
devait à un autre. Et sa fille, cette enfant aux
yeux grands ouverts, aux lèvres rieuses, à la voix
argentine, c'était la fille d'un autre. Dans les
moindres détails d'intérieur, Maurice reconnaissait l'influence féconde, l'intervention continuelle
de cet *autre* qu'il n'avait jusqu'alors entrevu que
dans un vague lointain. Maintenant la réalité le
prenait à la gorge et le secouait rudement pour
lui faire sentir que toute sa tendresse, tout son
amour, n'étaient que des plantes stériles à côté
de la tendresse et de l'amour de M. Désenclos.

Quand les conviés furent au complet, on partit

pour Savigné, et la noce défila, musique en tête,
par les chemins couverts qui mènent a l'église.
Au moment où le cortége longeait le rustique cimetière àux pierres tombales couchées comme des
dolmens parmi le fenouil et les touffes d'armoise,
une tête se montra au-dessus du mur, une tête
aux regards sauvages et aux traits contractés :
c'était celle de Jacques Chantepie. Il avait voulu
contempler Simonne dans sa robe de mariée ; il
l'avait vue s'appuyer souriante sur le bras de
Sylvain, et il la regardait s'éloigner, et pour la
première fois peut-être, depuis bien des années,
des larmes jaillirent de ses yeux brûlants, des
larmes de colère autant que de douleur.

Maurice avait espéré que le tumulte de la noce
lui permettrait de voir Lucile et de lui parler plus
librement ; mais, depuis le matin, la jeune femme
semblait éviter les occasions de se trouver seule
avec lui. Dès qu'elle l'apercevait, elle se rappro-
chait de Simonne ou de M Désenclos. Elle paraissait soucieuse et préoccupée. Sa témérité ingénue
avait fait place à une douloureuse hésitation.
Quinze jours auparavant, les plus grandes har-
diesses lui avaient paru innocentes ; maintenant
la moindre démarche lui semblait criminelle, et
elle osait à peine adresser la parole à Maurice.
Celui-ci ne pouvait s'expliquer ce changement, et

l'apparente froideur de Lucile l'irritait, tout en exaltant sa passion. Vers la nuit, il erra longtemps autour de la salle de danse, dans l'espoir de rencontrer son amie, et il allait se retirer quand il la vit tout à coup paraître dans le sentier qui conduisait à la maison d'habitation. Lucile marchait rapidement et semblait avoir hâte de rentrer chez elle. En apercevant Maurice, elle fit un mouvement en arrière. « Je puis donc enfin vous parler ! dit le jeune homme à voix basse, pourquoi me fuyez-vous ? »

Elle demeura silencieuse, et son air embarrassé et craintif accrut encore l'exaltation de son interlocuteur. Sans attendre sa réponse, il lui exprima avec une amertume passionnée son amour et l'irritation jalouse qui l'agitait depuis le matin. Il lui dit combien le bonheur des nouveaux mariés lui faisait mal, lorsqu'il songeait au temps où Lucile avait la libre disposition d'elle-même. Il y avait eu une heure où il aurait pu lui parler d'amour sans remords, comme Sylvain à Simonne, et il n'avait pas su la saisir, et cette heure ne reviendrait jamais ! Il ne goûterait jamais ce bonheur pur, il ne posséderait jamais Lucile !... « Ah ! comme je vous aime malgré toute ma souffrance ! » s'écria-t-il en serrant soudain le bras de la jeune femme.

Ces paroles frémissantes, loin de rassurer Lucile, redoublèrent encore son embarras ; elle tremblait d'être rencontrée dans cette obscurité seule avec Maurice, et elle le pria de la laisser rentrer au logis. Il ne répondit pas; il continuait à lui étreindre le bras avec une sourde violence.

« Maurice, murmura-t-elle d'une voix suppliante, je vous en prie, soyez plus calme... Laissez-moi, vous me faites mal !

— Oui, vous avez raison, dit-il, je suis fou ! »

Il lui rendit la liberté et s'enfuit loin des Palatries]

Peu de temps après la noce, Simonne vint se vxer aux Ages avec Sylvain, et M. Désenclos partit pour l'Angoumois, où il devait faire un séjour de plusieurs semaines. Lucile le vit s'éloigner avec un sentiment d'inquiétude ; dans la situation d'esprit où elle se trouvait depuis la visite de Chantepie, elle craignait de rester seule à la maison. Elle avait peur de tout ; de Jacques, de Maurice et d'elle-même. Aussi céda-t-elle facilement aux instances de Mⁿᵉ de Labrousse, qui la pressait d'accepter chez elle l'hospitalité pendant un mois. Elle alla immédiatement s'installer avec sa fille à la Commanderie.

L'automne était venu, un de ces magnifiques automnes comme on en voit souvent dans l'ouest

Les raisins mûrissaient sur les treilles, les poiriers inclinaient jusqu'à terre leurs branches lourdes de fruits, et sur les chemins on faisait pleuvoir les noix à coups de gaule. Le ciel, d'un bleu soyeux, légèrement voilé de brumes argentées à l'horizon, n'avait plus la limpidité des journées d'août ; la nature, dans sa pleine maturité, s'alanguissait déjà, comme une mère que des couches trop fécondes ont épuisée, et qui, lasse et pâlie, s'éteint au milieu d'un groupe de robustes enfants.

Quel charme d'errer librement avec Lucile, par ces lumineuses journées de septembre, sous les châtaigniers de la Commanderie ! La seule pensée de ces promenades enchantait Maurice. Dès qu'il connut l'installation de Mme Désenclos chez la veuve, il se hâta de se présenter dans le salon de Mme de Labrousse. Celle-ci commençait à s'irriter de sa réserve. La persistance de Maurice à ne point dépasser les premières stations du voyage au pays du Tendre impatientait Césarine et la désolait. Elle avait la tête beaucoup plus prise qu'elle ne le croyait, et le désir avait implanté dans son cœur de profondes et solides racines. Les passions qui naissent chez les femmes de quarante ans sont comme les plantes qui poussent sur les vieux murs, — envahissantes et tenaces. La froideur polie de Maurice n'avait fait qu'exaspérer la fan-

taisie de la veuve, et elle avait résolu de triompher
de ce beau dédain. Elle se promit de l'observer et
de l'étudier de près, et elle exécuta strictement
cette partie de son programme. Au lieu des libres
heures de promenade tant rêvées, Maurice fut
condamné à la compagnie de Mme de Labrousse.
La veuve ne quittait pas Lucile. En huit jours, il
ne put dire à son amie un mot en particulier.
L'inévitable Césarine était toujours là, l'œil au
guet, comme une araignée sur sa toile. La petite
Madeleine était la seule qui gagnât à cette con-
trainte ; toutes les adorations enfermées dans le
cœur du jeune homme se transformaient en caresses pour l'enfant de Lucile.

Le manége de Mme de Labrousse eut un double
résultat, sur lequel la veuve ne comptait nullement : il augmenta encore la passion de Maurice
en la comprimant, et rendit à Mme Désenclos une
partie de la sécurité qu'elle avait perdue. La présence de Césarine donnait je ne sais quel air inno-
cent aux visites de Maurice ; Lucile pouvait le
voir et lui parler maintenant sans s'exposer aux
périls d'un tête-à-tête ; grâce à la veuve, leurs
causeries redevenaient calmes et purement ami-
cales. Cette apparente sérénité fit illusion à la
jeune femme, et peu à peu ses premiers troubles
s'apaisèrent où plutôt s'endormirent. Au bout

d'une semaine, elle avait repris sa gaieté et son
étourderie d'oiseau. — Vers la mi-septembre, les
vendanges commencèrent à la Commanderie.
Saint-Clémentin n'est pas un pays vignoble : autour des borderies, quelques pieds de vignes en-
lacés aux arbres et poussant à l'aventure servent
à alimenter le tonneau de piquette des métayers ;
mais on ne connaît guère que par oui-dire la sa-
veur du vin du cru. Seuls de tout le voisinage,
M. Désenclos et Mme de Labrousse possédaient
quelques *chaînées* de vigne qu'ils vendangeaient
en commun, le pressoir de la Commanderie servant pour les récoltes.

Un soir, tandis qu'on foulait les premières cu-
vées de la vendange des Palatries, Lucile et Maurice se rencontrèrent dans le pressoir déjà assom-
bri. Au loin on entendait les vendangeuses qui
revenaient de la vigne en chantant. Dans un
intervalle de silence, un couplet, entonné par une
jeune voix arriva jusqu'à eux :

> Rossignol sauvage,
> Rossignolet des bois,
> Apprends-moi ton ramage,
> Apprends-moi la manière
> Dont on se fait aimer.

Aux premières notes de cet air qui leur rappelait un cher souvenir, Maurice et Lucile se regar-

dèrent tout émus. Ils étaient restés seuls dans
l'encoignure où s'arrondissait la cuve. Mme de Labrousse s'était éloignée, et les vendangeurs fati-
gués se reposaient près de la porte à l'autre
extrémité de la voûte. L'obscurité s'étendait autour des deux jeunes gens ; on les avait oubliés,
et, pour achever de les isoler, le bruit du pressoir étouffait les rumeurs du dehors. « M'aimez-
vous encore un peu ? » murmura Maurice. Pour
toute réponse, Lucile lui tendit sa main, qu'il
serra dans la sienne. « Ne pourrai-je donc jamais
vous voir seule ? » continua-t-il. Et comme elle
secouait de la tête et semblait hésiter, il la supplia de trouver un prétexte pour venir le re-
joindre à la tombée de la nuit dans la châtaigneraie.

« Non, non ! s'écria-t-elle, quelle imprudence !...
D'ailleurs, le parc est clos. — J'escaladerai le
mur, répondit Maurice. » Elle le regarda avec
effroi. « Non, dit-elle, c'est impossible... — Je
vous attendrai, » murmura le jeune homme ;
mais sans l'écouter elle avait déjà quitté le pressoir... Quand Maurice se fut éloigné à son tour,
une tête se pencha au-dessus des bords de la cuve
et deux regards le suivirent jusqu'au seuil du
pressoir. Chantepie était là. Il venait de descendre dans la cuve lorsque les deux jeunes gens

s'en étaient approchés, et en les reconnaissant il s'était tenu invisible et immobile au fond de sa cachette. Dès que Maurice eut disparu, il fit un geste de mépris et se remit à écraser les grappes en sifflant.

Le soir même, à la tombée de la nuit, Maurice franchissait le mur d'enceinte et parcourait la châtaigneraie, le cœur tout palpit ant... Arrivé à la lisière du parc, il vit les lumières s'éteindre dans le salon de la Commanderie, puis une lueur briller dans la chambre de Lucile. — La jeune femme était remontée chez elle, tremblante et indécise. Un secret pressentiment lui disait qu'en ce moment même Maurice errait dans le jardin, et elle ne savait plus à quoi se résoudre. Elle ouvrit sa fenêtre. Un vent lourd, mêlé de quelques gouttes de pluie, faisait bruire les feuilles et, passant à travers les portes, gémissait dans les corridors. « Pauvre ami ! songea Lucile, en regardant la sombre châtaigneraie, il est là, il m'attend et il m'accuse sans doute. N'en a-t-il pas le droit ? n'ai-je pas la première encouragé sa passion, sans vouloir écouter ses scrupules et ses conseils ? Je l'ai appelé *trembleur*, et maintenant c'est moi qui tremble. Il va me croire égoïste ou capricieuse... » Au milieu de ses hésitations, elle s'était enveloppée de son man-

teau. — J'irai seulement le supplier de partir,
pensa-t-elle, puis je reviendrai vite. » Elle laissa
sa lampe allumée, se glissa dans l'escalier et atteignit le perron sans encombre. Dans le jardin,
le vent faisait tourbillonner les premières feuilles
sèches des charmilles. A chaque instant, Lucile
s'arrêtait et du regard sondait l'obscurité. Il lui
semblait que le sable du sentier, les herbes foulées, les grandes roses trémières des plates-
bandes seraient le lendemain comme autant d'accusateurs prêts à lui faire honte. Quand elle fut
sous la futaie, elle se mit à courir et arriva tout
d'un trait à la clairière. Dès qu'elle distingua
Maurice, ses terreurs s'évanouirent et la joie rentra en elle. — Tout essoufflée et palpitante, elle
vola vers lui : « Mon ami, lui dit-elle en lui tendant la main, vous allez être raisonnable et partir
immédiatement, je tremble qu'on ne nous sur-
prenne.

— Peureuse enfant ! s'écria Maurice, je ne
vous reconnais plus. Vous étiez si brave aux
grottes de Chaffaux !... Que pouvez-vous craindre
ici ?

— Je ne sais, répondit-elle, c'est un sentiment
dont je ne me rends pas compte. Tout m'effraye...
Vous l'avouerai-je ? je sens que je fais mal et j'ai
des remords.

— Des remords ! » Il lui prit les mains et la fit asseoir près de lui. « C'est moi qui suis la cause de tout le mal, mais je vous aime tant ! »

Elle l'écoutait et ne songeait plus à partir.

« Pourquoi vous tourmenter ? continua-t-il, notre amour ne ressemble pas aux liaisons que le monde condamne. Ce n'est pas un caprice né d'hier, c'est une affection qui date de notre première jeunesse. Elle sommeillait et s'est réveillée tout à coup comme la Belle au bois domant. »

Elle essaya de sourire, mais ce ne fut qu'un éclair ; elle redevint sérieuse et mélancolique. « Tenez, dit-elle, il y a une pensée qui me poursuit et qui gâte toute ma joie : c'est moi qui ai fait les premiers pas vers vous, et si je ne m'étais avancée, vous ne seriez pas revenu à moi... Je suis sûre qu'au fond vous me jugez sévèrement. — Je vous adore ! » s'écria Maurice en lui baisant les mains.

Tout à coup Lucile se pressa contre lui :

« Avez-vous entendu ? murmura-t-elle, on a marché dans le taillis. — Folle enfant ! dit-il, c'est quelque ramier qui s'est envolé. — Non, je vous assure que j'ai entendu des pas. Laissez-moi partir. » Elle voulut se lever, mais Maurice l'entoura de ses bras. « Maurice ! » balbutia-t-elle, et soudain elle laissa sa tête tomber sur l'épaule du jeune homme et se mit à pleurer.

Pour la première fois, Maurice sentait cette tête adorée reposer près de la sienne et cette poitrine, toute gonflée par l'amour, palpiter contre son sein. Une volupté nouvelle l'enivra, et pour la première fois aussi sa bouche se pressa contre celle de Lucile ; mais sous l'impression de ce baiser, la jeune femme tressaillit et s'arracha des bras de son ami... « Non ! dit-elle, je ne veux pas que vous me méprisiez plus tard, je meurs de honte !... » Et le visage plein de larmes, les joues brûlantes, le cœur troublé, elle s'enfuit vers la Commanderie.

Pendant toute la semaine qui suivit, Maurice ne put se trouver avec Mme Désenclos. En revanche, Mme de Labrousse redoubla pour lui d'amabilité et le fatigua de ses attentions. Peu à peu il devint la proie d'une agitation douloureuse ; il était inquiet, impatient, irritable. Mme Désenclos fut saisie de compassion au spectacle de cette souffrance dont elle était la cause première, et avec la pitié l'amour rentra en maître dans son cœur.

Cependant les jours se passaient, et le moment du retour de M. Désenclos était proche, car on touchait à la Saint-Michel. C'est en Poitou l'époque des renouvellements de baux et des engagements de domestiques. Mme de Labrousse annonça devant Maurice qu'elle irait ce jour-là à Ruffec, où elle avait affaire, et qu'elle y passerait vingt-quatre heures. — M'accompagnerez-vous ? demanda-t-elle à Lucile.

Au même moment, Maurice jeta à son amie un regard où il y avait une si poignante expression de douleur et de prière, qu'elle n'eut pas le courage de repousser cette muette supplication. Elle répondit que Madeleine était souffrante, et qu'elle préférait rester à la Commanderie. La conversation suivit un autre cours ; mais le soir, avant de partir, le jeune homme glissa entre les doigts de Lucile un billet crayonné à la hâte. « Je souffre horriblement depuis une semaine, lui disait-il, j'étouffe et j'ai besoin de vous parler. Après-demain, je serai pour tout le monde à trois lieues d'ici ; mais au coucher du soleil je franchirai le mur du parc et j'irai vous attendre au rond-point de la châtaigneraie. Si vous m'aimez un peu, vous viendrez. »

VI

La veille de la Saint-Michel, Maurice avait prévenu la mère Jacquet qu'il passerait la journée du

lendemain à Charroux. Il partit en effet de bonne
heure ; mais, après avoir laissé son cheval à la
première auberge du bourg, il revint sur ses pas,
fit un long détour dans la campagne et regagna
ainsi les bois des Ages, où il passa le reste de
l'après-midi. Le ciel était gris, l'air sans chaleur
et sans transparence ; tout le paysage était imprégné de tristesse. Dans le tournoiement des
feuilles tombantes, dans la plainte des oiseaux,
dans les flottantes vapeurs de l'horizon et jusque
dans l'attitude des rares fleurettes qui fussent
restées épanouies, il y avait une expression désolée. Maurice ne s'en apercevait guère ; toute
son attention était absorbée par la contemplation intérieure de l'image de Lucile et par le brû-
lant souvenir de leur dernier entretien. Depuis
cette soirée, il semblait que son amour eût changé
de nature. Un orage grondait sourdement en lui.
S'emparer de Lucile, la ravir au monde entier,
l'emporter frémissante sous ses caresses, voilà ce
qu'il souhaitait maintenant, voilà les rêves im-
patients qui l'agitaient sous la futaie humide des
Ages.

Dans le salon de la Commanderie, Mᵐᵉ Désenclos
était en proie à des sentiments d'un autre genre,
mais tout aussi poignants et anxieux. Elle avait
d'abord essayé de tromper les heures en lisant ;

mais quelle lecture était possible avec ce tourbillon de rêves, de repentirs et de craintes vagues
qui s'agitait dans sa tête? Par moments, sa
pensée l'emportait aux Palatries; elle songeait
aux jours calmes qu'elle y avait passés avant le
retour de Maurice; elle se retrouvait assise sur
la terrasse avec sa fille, le soir, à l'heure où
M. Désenclos revenait de ses excursions; elle le
voyait descendre par le sentier des vignes, la
figure souriante sous son grand chapeau de paille,
les bras chargés de plantes sauvages; elle entendait le rire frais de l'enfant mêlé au rire plus
viril du père, et elle se disait avec terreur qu'elle
ne goûterait plus cette joie calme; elle se sentait
irrésistiblement entraînée vers une autre vie
pleine de fièvre et d'ivresse, pleine aussi de
regrets et de remords, une vie où il faudrait
mentir, jouer une perpétuelle comédie... Retourner en arrière et retrouver l'autre existence avec
ses bonheurs paisibles et uniformes, était-ce
possible? N'avait-elle pas elle-même noué le lien
qui l'attachait à Maurice? Elle l'avait précédé sur
la pente où ils glissaient tous deux, et maintenant
l'abîme l'attirait. Elle était déjà fascinée et ne
pouvait plus détourner la tête. A la pensée de ce
nouveau rendez-vous dans la châtaigneraie, son
cœur battait et ces yeux se fermaient. Elle

s'avouait en tremblant qu'une fois là-bas, auprès
de Maurice, elle ne s'appartiendrait plus. Ses
regards interrogeaient avec anxiété la pendule et
trouvaient les aiguilles à la fois trop lentes et trop
rapides. « Je l'aime, se disait-elle les larmes aux
yeux, et c'est moi qui l'ai voulu ; je l'aime et je
me perds, et rien ne **peut** nous sauver l'un de
l'autre... »

Cependant le ciel s'était un peu éclairci, et le
soleil se couchait vermeil dans les nuées. Lucile
sortit. Sur le perron, sa fille Madeleine courut
vers elle et la supplia de l emmener au jardin.
« Oui, oui, dit Lucile, prenant une soudaine résolution, viens avec moi, ma chérie ! » Elle la saisit
dans ses bras et l'emporta en la couvrant de
baisers.

Vers la même heure, Chantepie, qui faisait le
guet dans le parc, était grimpé sur un des châtaigniers voisins du mur de clôture. Il vit de loin
Maurice Jousserant traverser les prés et se diriger
vers la Commanderie. « Le voici ! » grommela-t-
il d'une voix sourde... Puis il se glissa à terre,
ramassa son fusil, et se mit en devoir de le
charger... « Pas de petit plomb, murmurait-il,
tout en vidant sa poudrière, des balles... des
balles, comme à un chien enragé ! » Quand l'arme
fut chargée, il la rejeta sur son épaule et s'enfonça

dans le fourré. La châtaigneraie de la Commanderie descend en pente rapide vers les prés. Une
allée assez large, aboutissant à un rond-point, la
coupe diagonalement. Des deux côtés, le taillis
qui la borde est entremêlé de grands ajoncs si
forts et si épais qu'il est impossible de voir au
travers. Au milieu du rond-point, un vieux faune
de pierre se dresse sur un tertre couvert de
mousse ; Lucile vint s'y asseoir. Le soleil avait
disparu, le crépuscule tombait, et elle commençait à s'inquiéter, quand elle vit Maurice paraître
au fond de l'allée et s'arrêter près de Madeleine,
qui était accourue à sa rencontre. Il avait pris la
petite fille pour l'embrasser, et il l'enlevait triom-
phalement dans ses bras. Au même moment, un
coup de feu retentit, Maurice poussa une exclamation et laissa retomber Madeleine toute san-
glante. La balle, après avoir labouré le bras du
jeune homme, était venue frapper l'enfant.

Au bruit de la détonation, Lucile accourut. La
mignonne tant aimée était étendue sur l'herbe,
le sang rougissait sa robe blanche, et ses petites
mains conservaient encore des brins de bruyère
fleurie. Elle se précipita sur sa fille, la serra convulsivement dans ses bras, et bondit à travers la
châtaigneraie en la remplissant de ses cris de
détresse. Pendant ce temps, Maurice atterré

s'était élancé dans le fourré et cherchait en vain
à découvrir le meurtrier...

Madeleine respirait encore. Mme Désenclos
exigea qu'elle fût transportée immédiatement
aux Palatries. Un médecin appelé à la hâte
examina la plaie et déclara que la blessure était
grave et mettait la vie de l'enfant en danger.
Lucile passa la nuit au chevet de sa fille. Ce
qu'elle souffrit pendant cette veillée, les mots ne
peuvent le rendre. Parfois elle sentait sa raison
sombrer dans un abîme de pensées tourbillon-
nantes et désordonnées ; parfois aussi une froide
lucidité succédait à cet obscurcissement, et elle
s'interrogeait avec horreur. Que répondrait-elle
à son mari, lorsqu'à son retour il trouverait sa
fille mourante ? Les détails du meurtre ne resteraient pas longtemps ignorés. Une seule personne
avait pu tirer le coup de fusil, « Chantepie. »
L'ancien braconnier était maître de son secret,
et, une fois pris, il ferait des aveux ; les gens de
la Commanderie d'ailleurs avaient sans doute
aperçu Maurice, et ils parleraient ; partout elle
voyait se dresser des accusateurs. Son honneur
était perdu, et sa fille était mourante ; il lui
semblait que sa vie s'écroulait de tous les côtés à
la fois. Elle se penchait alors sur le lit de l'enfant
et couvrait de larmes et de baisers ses petites

mains, puis elle se levait, parc ourait la chambre
en proie à une pénible agitation nerveuse, et
quand, physiquemen t brisée, elle retombait sur
sa chaise, u ne agitation morale plus douloureuse
encore venait torturer son âme.

Lelendemain, M. Désenclos et Mme de Labrousse
arrivèrent en même temps à la Commanderie et
apprirent ensemble la triste nouvelle. On leur
donna rapidement les détails confus qu'on avait
pu saisir à travers les paroles désespérées de
Lucile ; M. Désenclos les écouta à peine, du reste,
et courut aux Palatries. En entendant le son de
sa voix dans l'escalier, Lucile, anéantie par ces
angoisses de la nuit, sentit son cœur cesser de
battre, ses gen oux ployer, et tomba sans connaissance. On l'emporta dans sa chambre, et M. Désenclos alla s'asseoir près de sa fille, qu'il ne
quitta plus. Quand Lucile revint à elle, on lui
apprit que le médecin redoutait une inflammation
cé rébrale. Elle se traîna près de l'enfant et se tint
cachée derrière les rid eaux, osant à peine lever
les yeux sur son mari, placé de l'autre côté du
lit. Abs orbé dans sa douleur et comme pétrifié,
M. Désenclos se contenta de faire un geste de la
main pour lui recommand er le silence, et s'abîma
de nouveau dans la contemplation de sa fille
bien-aimée.

Quelques jours se passèrent ainsi. Chantepie ne
s'était pas montré à la Commanderie depuis le
soir du coup de fusil. Cette étrange disparition,
jointe aux mauvais antécédents du garde, donna
des soupçons à la justice, et on lança contre lui
un mandat d'amener.

M. Désenclos apprit ce nouvel incident sans
même donner une marque de surprise ou d'indi-
gnation ; son enfant seule l'occupait. Le médecin
ne donnait que peu d'espoir. En le reconduisant
jusqu'à la terrasse, Lucile l'interrogeait chaque
fois avec anxiété, et chaque fois il se bornait à
secouer la tête d'un air de doute. Elle revenait
alors, navrée, s'asseoir en face de son mari, dont
le silence l'épouvantait. Elle se sentait coupable
et croyait voir un reproche dans les moindres
gestes de M. Désenclos. Pourquoi lui adressait-il
à peine la parole?... Assurément il savait tout, et
il la méprisait. Au milieu de ses angoisses et de
ses remords, elle était profondément touchée de
pitié et de respect pour cet honnête homme qui
l'avait si sérieusement aimée, et qu'elle faisait si
cruellement souffrir. Elle l'admirait, et son repentir redoublait. Oh ! si elle avait pu alors retourner
en arrière et ressaisir les heures écoulées depuis
le soir de la *ballade* du Puits-Carré !... Jusque-là,
elle n'avait envisagé la vie que comme un chemin

joyeux et facile à suivre, elle en apercevait maintenant les passes difficiles et les sommités péril-
leuses. Elle comprenait pour la première fois que
sur le fond sévère de l'existence humaine les joies
de la jeunesse et les ivresses de l'amour ne for-
ment que de capricieuses et frêles broderies ; ce
qui compose la trame même, ce sont les luttes
incessantes et les renoncements courageux. Ainsi
jour à jour, pour ainsi dire heure à heure, la
douleur la mûrissait et transformait l'enfant
étourdie en femme sérieuse, prête à tous les
sacrifices et à toutes les épreuves.

Aux Ages, Maurice avait aussi sa part de souffrance ; mais les angoisses, au lieu de détruire sa
passion, l'avaient accrue. Il voulait revoir Lucile,
se jeter à ses pieds, implorer son pardon, et il
cherchait en vain un moyen de parvenir jusqu'à
elle. La Toussaint arriva. Dans cette partie du
Poitou, les garçons du village passent la nuit qui
précède la fête des *morts* à sonner des glas dans
chaque paroisse. C'est un usage immémorial.
Seulement la vieille coutume a perdu avec le
temps un peu de son caractère religieux et solennel ; elle est devenue le prétexte d'un souper dont
les jeunes gens vont quêter les éléments dans le
village et les métairies environnantes. Le soir de la
fête, Maurice entendit, dans la cour des Ages, les

gars de Savigné chanter en chœur la vieille et
mélancolique chanson de la Toussaint. Il les écouta
tout rêveur, et lorsqu'ils s'éloignèrent dans la direction des Palatries, il songea que le plus sûr
moyen de voir Lucile sans la compromettre serait
de se mêler à eux et de pénétrer ainsi jusqu'à
Mme Désenclos.

Un épais brouillard enveloppait la vallée ; il
put suivre le groupe des chanteurs sans être
reconnu. Ils montèrent aux Palatries ; mais,
dès qu'ils eurent atteint l'avenue des noyers, leurs
chants cessèrent, car ils savaient que le deuil était
dans la maison. M. Désenclos ne quittant pas le
lit de sa fille, Lucile était venue elle-même recevoir les *veilleurs* sur la terrasse Maurice, caché
derrière un platane, la vit distribuer son offrande,
il l'entendit répondre avec un accent doux et
triste à leurs questions sur la santé de l'enfant.
Les garçons s'éloignèrent peu à peu ; alors il
s'approcha d'elle et l'appela d'une voix suppliante.
Elle frissonna tout entière au son de cette voix bien
connue et s'arrêta. « Lucile, murmura Maurice,
pardonnez-moi, dites-moi que vous ne me haïssez
pas, parlez-moi !... »

Elle se sentit remuée de pitié, mais elle songea
en même temps à l'enfant malade et à la petite
chambre où le père veillait ; elle ne le laissa pas

continuer. « Partez, dit-elle rapidement, oubliez
le passé et ne me revoyez jamais...

— Lucile ! s'écria-t-il encore, et il lui tendit la
main. Elle la repoussa doucement.

— Adieu ! adieu ! » balbutia-t-elle, et elle s'enfuit.

Il la vit disparaître et descendit lentement les
allées du jardin. La vallée était ensevelie dans la
brume, et le ciel était sombre. Au loin, les cloches
de Savigné et de Saint-Clémentin commençaient
à sonner lentement le glas de la fête des morts,
et par moments on entendait encore les chants
des jeunes gars qui continuaient leur quête de
borderie en *borderie*...

Maurice quitta les Ages le surlendemain. Le
même jour, la maladie de Madeleine parut entrer
dans une phase nouvelle ; la fièvre diminua et
finit par disparaître. Un matin le docteur déclara
que le danger avait cessé. Lucile poussa un cri
de joie et serra avec effusion les mains du médecin ; quand elle l'eut reconduit jusqu'au seuil du
jardin, elle remonta tout émue et s'arrêta sur le
palier ; ses yeux étaient pleins de larmes, et elle
voulait les essuyer avant de rentrer. Elle entendit
M. Désenclos qui parlait à Madeleine avec un
accent attendri et joyeux ; l'enfant lui tendait ses
mains amaigries et lui répondait d'une voix

faible. « Elle me reconnaît! elle est sauvée !... »
cria le père en apercevant sa femme.

Lucile se sentit emportée par son émotion : sa
nature expansive et impétueuse avait repris le
dessus ; elle courut à M. Désenclos, s'agenouilla
devant lui, et lui saisissant les mains : « Pardon !...
oh ! pardonnez-moi ! » s'écria-t-elle.

Son mari la regarda avec un naïf étonnement
et la releva. « Pardon?... dit-il, et de quoi donc
es-tu coupable, ma mignonne ? Est-ce ta faute si
ce mirérable Jacques a tiré sur toi?... Le pauvre
fou a cru ainsi se venger du mariage de Simonne.
Il s'est fait justice du reste, et on l'a trouvé pendu
dans le bois des Ages... N'en parlons plus. » « C'est
moi, ajouta-t-il avec vivacité, c'est moi qui ai
mille pardons à te demander. J'ai été maussade
tout ce mois-ci ; mais l'enfant m'absorbait... Si
elle était morte, je l'aurais suivie. »

Lorsque dans un ciel lourd de nuées il se fait
une soudaine déchirure, la profondeur de l'azur
reparaît tout à coup, les champs ruissellent de
lumière, et les alouettes chantent dans l'air bleu.
Ainsi aux paroles de M Désenclos l'âme de la
jeune femme s'éclaira d'une joie subite et profonde, et elle entendit éclater en elle les chansons
de l'espérance. Il ne savait rien, et elle n'avait
rien perdu de son affection ! Le mal n'était pas

irréparable, elle pouvait reprendre possession de
son doux royaume des Palatries et y commencer
une nouvelle vie, sans que la défiance dressât entre
elle et son mari un mur infranchissable! Et
Madeleine était guérie, et elle-même était sauvée...
Lucile se jeta dans les bras de M. Désenclos:
« Oh! vous êtes bon! » s'écria-t-elle, et elle fondit
en larmes.

———

Madeleine s'est promptement rétablie, et au
printemps suivant le *cueilleux d'herbes* a pu reprendre ses excursions, accompagné cette fois
de sa femme et de sa fille. Mme de Labrousse,
dégoûtée de la Commanderie, s'est fixée à Poitiers, et, sentant venir la cinquantaine, elle s'est
faite dévote. Maurice n'est plus revenu dans le
pays; il voyage, dit-on, en Orient. Malgré ses
résolutions, Lucile n'a pu entièrement le bannir
de sa pensée. Quand en avril les pousses des tilleuls commencent à rougir autour du moulin des
Ages, elle regarde la vallée avec mélancolie et
songe aux printemps évanouis ; mais l'éducation
de sa fille et les soins de la maison empêchent

cette rêverie de devenir dangereuse. Le souvenir
apparaît maintenant à son esprit comme Joubert
voulait que sa mémoire se présentât à ses amis,
— « avec une larme d'attendrissement sur les
paupières et un sourire sur les lèvres. »

UNE ONDINE

_____

Il tombait une pluie battante, et, bien qu'on fût
en avril, la journée avait été fort maussade. Le
vent d'ouest s'engouffrait dans les rues du bourg
d'Auberive, secouant brutalement les arbres et
faisant claquer les volets mal assujettis. Au fond
du salon d'une maison située dans le quartier des
Corderies, une jeune fille de dix-neuf ans environ
promenait languissamment ses doigts sur un vieux
piano. Les notes grêles montaient lentement et se
mêlaient au bruit que faisait une servante dans la
cuisine. Tout en jouant, la jeune fille jetait des regards ennuyés sur les somnolents portraits de famille et le mobilier fané qui garnissaient le salon.
A la fin, elle abandonna sa sonate, se dirigea vers
la fenêtre, et appuya son front contre la vitre
ruisselante. Au dehors, tout était d'une navrante
tristesse. Les jacinthes de la terrasse gisaient
noyées dans la terre détrempée ; la petite rivière

de l'Aubette roulait une eau boueuse ; les toits
rayés de pluie dressaient vaguement au-dessus
des arbres leurs cheminées, d'où la fumée s'envolait en tourbillonnant ; la campagne tout entière
avait l'air de fondre en pleurs. — La jeune fille
revint en frissonnant se rasseoir au piano, et
commença une valse tapageuse, qu'elle interrompit brusquement. Alors, laissant tomber ses
mains sur le clavier, puis étirant ses bras avec
une violence nerveuse : — Ah ! que je m'ennuie,
s'écria-t-elle,... que je m'ennuie !

— Qu'as-tu, ma petite fille? — demanda la servante, qui apparut soudain, avec ses manches
retroussées, son tablier à bavette et son bonnet de
linge, dont les brides volaient au vent. Elle était
replète, assez fraîche encore malgré ses quarante
ans, et ses yeux bleus avaient la douceur et la
bonté du regard des génisses. — Qu'as-tu, Antoinette ? reprit-elle avec une inquiète tendresse.

— Céline, dit Antoinette en fixant sur la servante ses yeux noyés de mélancolie, on m'enter-
rera dès demain, si cette pluie continue... Ah !
l'ennui, s'écria-t-elle en se levant, tout ici en est
imprégné, depuis ces sottes fleurs en papier jusqu'à ces lamentables portraits d'ancêtres, dont
j'ai parfois envie de crever les toiles pour me dis-
traire !

— Ah ! ma mignonne, si ton père avait seulement voulu te conduire chez le notaire ou chez la veuve du maître de forges !... Il ne manque pas de monde à voir ici ; mais M. de Lisle, avec ses airs cassants, a eu le talent de se mettre à dos toute la société d'Auberive. Il préfère l'auberge de Pitoiset, où il trinque à son aise avec ses bons amis les braconniers.

—Pauvre père ! reprit Antoinette en soupirant, sa vie n'est pas gaie non plus, dans ce village. Il regrette le bon temps de Tours et cette belle place qu'il avait.

— Pourquoi l'a-t-il perdue, sa place ? s'écria vivement Céline. Il passait ses journées à la chasse, ses nuits à la bouillotte, et le gouvernement l'a remercié... Il ne se souciait guère de toi, et depuis la mort de ta mère, si je n'avais été là, tu serais sortie plus d'une fois avec des bottines percées. — La servante haussa les épaules, et alla s'accouder sur le piano. — Sais-tu ? continua-t-elle ; au lieu de se brouiller avec la famille de ta mère, ton père aurait dû te laisser à Paris, près de tes grands-parents, qui auraient fini par te trouver un mari.

— Oh ! répondit Antoinette avec un geste de dédain, Dieu me préserve des maris dénichés par mes grands-parents !... Des employés de minis-

8

tère, maniaques et grimauds, chauves comme
des magots et méthodiques comme des pendules..
merci ! Je préfère encore la pension de Passy où
l'on m'avait enfermée.

— Pourquoi ne t'y a-t-on pas laissée, alors ?

— Parce que la pension était chère, et que
nous sommes pauvres, Céline.

— Pauvres ! répliqua Céline ; oui, maintenant
que ton père a mangé tout son pain blanc, il éco-
nomise sur le pain noir des autres et devient
ladre. Et tes grands-parents, ladres aussi, ceux-
là ! Eux qui n'avaient que ta mère, est-ce qu'ils
n'auraient pas pu te garder et payer ta pension ?
Tiens, ne me parle pas de tous ces gens-là !

— Ah ! Céline, soupira Antoinette d'un air
désespéré, personne ne m'aime !

— Personne ! cria Céline indignée, eh bien ! et
moi ?... Est-ce que je ne t'ai pas câlinée et gâtée
depuis le jour où je suis entrée chez vous, il y
aura dix-huit ans à la Noël ? Quand je t'ai vue
dans ton berceau, pâle, maigrelette et si mignonne
avec tes grands yeux, mon cœur a fait un saut et
je t'ai aimée tout de suite, pauvre négligée!
C'était moi qui te *bordais* dans ton petit lit, moi
qui t'habillais en ange aux Fêtes-Dieu, et qui te
bourrais de friandises quand ta mère t'avait
punie. Personne ne t'aime, ingrate?... Eh ! si je

ne t'avais pas adorée, est-ce que j'aurais refusé
dix fois de me marier ?... car, dit Céline en se
redressant, j'en ai eu des amoureux, et de
huppés ! mais il aurait fallu te quitter. Sans toi,
est-ce que je serais restée au service de tes
parents? Ne dis donc pas que personne ne t'aime,
méchante fille !

— Oui, ma Céline, tu m'aimes ! s'écria Antoinette, dont les yeux se mouillèrent et qui sauta au
cou de sa bonne, tu m'aimes bien ; mais il n'y a
que toi !

— Qu'as-tu besoin des autres ? répondit Céline
en la baisant au front. D'ailleurs, tu as aussi
M. Ormancey, un bon et brave ami.

Antoinette fit une petite moue dédaigneuse. —
Evonyme ! dit-elle ; oui, il est drôle parfois, et je
me suis amusée un moment à essayer de le rendre amoureux.

— Oh ! ma petite fille, s'écria Céline scanda-
lisée.

— Sois tranquille, reprit Antoinette en riant,
son cœur ne court aucun risque. Trop d'affec-
tions y logent en commun : les fleurs, les oiseaux
les livres, — moi, je veux qu'on m'aime exclusi-
vement. D'ailleurs, Evonyme n'est pas l'amoureux
que je rêve. Un caractère entier et superbe, une
volonté de fer que le monde ne pourrait'fléchir et

qu'un signe de mon petit doigt ferait plier comme un jonc, voilà l'homme que j'aimerais !

— Ça, ma fille, c'est le merle blanc !... Sainte Vierge ! j'entends ton père dans l'écurie ; tu m'as fait bavarder, et mon souper est en retard.

En effet, celui dont on venait de parler annonçait son arrivée par un air de chasse sifflé à pleins poumons; mais il ne semblait pas encore disposé à faire son entrée. En maître soucieux de ses intérêts, M. de Lisle ne songeait à son dîner qu'après celui de ses bêtes, et sa première visite avait été pour trois magnifiques échantillons de la race porcine, objets de toute sa sollicitude, qu'il n'appelait pas autrement que les *camarades*. Du fond de l'écurie, on entendait sa voix de basse-taille, à laquelle répondaient de formidables grognements. Quelques minutes après, la porte de la cuisine s'ouvrit brusquement, et M. de Lisle, vêtu d'une veste de velours côtelé, guêtré jusqu'aux genoux et coiffé d'un feutre mou, apparut sur le seuil. — Céline, cria-t-il, si le souper des *camarades* est prêt, allume la lanterne et apporte le chaudron à l'écurie.

Certes les belles dames de Tours, auxquelles il avait conté fleurette à l'époque de sa splendeur, n'auraient guère reconnu dans son costume de campagnard le beau Norbert de Lisle pour qui

leur cœur avait battu. Le viveur du temps jadis
avait complètement dépouillé sa brillante enveloppe. Fils d'un gros propriétaire d'Auberive,
M. de Lisle était arrivé, grâce à sa bonne mine et
à la protection des parents de sa femme, à se faire
nommer inspecteur des haras, et pendant vingt
ans il avait mené joyeuse vie dans le gras pays de
Touraine. Destitué à la suite de quelque fredaine
et forcé de retourner à Auberive vivre maigre-
ment des reliefs de son patrimoine, il s'était soudain métamorphosé Le naturel du paysan cham-
penois, que le vernis parisien n'avait jamais
recouvert qu'à demi, était revenu à fleur de peau.
Aux premières morsures de l'adversité, sa pru-
dence campagnarde s'était subitement réveillée ;
la perspective d'une vieillesse besoigneuse lui
avait donné le frisson, il s'était mis à compter et à
épargner. Il labourait lui-même ses champs, aidé
d'un valet de ferme loué à la journée, et il ne
rougissait pas d'aller vendre son grain et ses
bêtes au marché de Langres. De ses anciennes
habitudes, il ne lui était resté qu'un ton tran-
chant, des allures hautaines et un goût très vif
pour la chasse ou plutôt pour le braconnage, car
les mauvaises langues prétendaient qu'il chassait
plus volontiers dans les bois de l'État que sur ses
modestes carrés de terre.

Dès que ses bêtes eurent soupé, M. de Lisle revint à la cuisine, où Céline avait allumé la lampe et dressé la table. Malgré ses cinquante ans et un commencement d'embonpoint, il conservait encore bon air. Grand, robuste, bien découplé, il avait l'œil vif, un nez d'aigle et les dents belles sous ses moustaches grisonnantes. On sentait à son ton et à ses manières, qu'il avait dû être dans sa jeunesse un homme à bonnes fortunes. Il s'était assis près de la cheminée dans un auteuil en vieille tapisserie. Antoinette vint l'embrasser, puis reprit sa place sur une chaise basse en face de lui. Au milieu, la chienne de M. de Lisle, Tant-Belle, posée sur son arrière-train, partageait son attention entre sa jeune maîtresse et la marmite fumante où cuisait le diner. — Eh bien, petite, dit M. de Lisle à Antoinette, tu ne t'informes pas seulement de ce qui se passe dans le bourg.

Antoinette secoua la tête d'un air indifférent, et son père reprit : — D'abord, j'ai rencontré Évonyme ; il dine chez le juge de paix et viendra nous voir tantôt... Et puis le nouveau garde général est arrivé.

— Ah ! fit la jeune fille en étouffant un bâillement, ressemble-t-il à son prédécesseur ? Jure-t-il entre chaque phrase ? Traine-t-il à ses talons une meute de chiens crottés et joue-t-il à la *bête hombrée* ?

— Je te dirai tout cela ce soir... après dîner. Je pousserai jusqu'à l'auberge où il est descendu, et, si sa figure me va, je l'inviterai à venir nous voir. Il faut toujours être bien avec les forestiers.

Céline, qui trempait la soupe, grogna sourdement. — La belle avance! dit-elle entre ses dents, il vient déjà ici assez de gens ennuyeux! Vous feriez mieux de conduire Antoinette chez la femme du notaire ou dans quelque maison honorable ; cela lui serait plus sain que de respirer l'odeur du tabac et d'entendre des conversations déplacées.

— Silence, péronnelle! s'écria M. de Lisle ; ce sont tes réflexions qui sont déplacées. Mêle-toi de tes affaires, et donne-nous la soupe.

— La voilà! grommela Céline en posant rudement sur la table la soupe aux herbes, qui avec un haricot de mouton, composait tout le menu.

On se mit à table. Antoinette mangeait du bout des dents ; M. de Lisle dévorait. Au moment où il se versait une dernière rasade, la chienne aboya. — Voici M. Évonyme, dit Céline, Tant-Belle l'a flairé! — Elle courut ouvrir au nouveau venu, qui entra au milieu des démonstrations joyeuses de la servante et de Tant-Belle.

Évonyme Ormancey était un grand garçon
d'une trentaine d'années. Sa barbe et ses cheveux
blonds, son teint rosé, ses yeux bleus limpides,
donnaient à sa physionomie une expression naïve
et enfantine. Il avait en effet la naïveté de l'âge
d'or, bien qu'il fût Parisien d'éducation et de
naissance ; mais c'était un Parisien à qui le
monde faisait peur, et qui s'était réfugié dans les
bois pour satisfaire son penchant à la rêverie et
au vagabondage. Doué d'une vive sensibilité et
d'une imagination fantasque, il avait eu dans sa
première jeunesse quelques velléités littéraires :
mais, soit que la difficulté des [débuts eût rebuté
sa paresse, soit que les exigences de la vie parisienne eussent effarouché son humeur sauvage,
il avait promptement (abandonné la littérature
pour revenir à la vie contemplative et à la solitude, où son esprit flottant se trouvait plus à
l'aise. Il passait une grande partie de l'année
dans une ferme située au milieu des bois, à une
demi-heure d'Auberive. C'est là qu'il avait retrouvé Antoinette, dont la famille maternelle était
liée avec la sienne. Il venait souvent aux Corderies Antoinette s'amusait de ses façons bizarres,
et M de Lisle, le sachant riche et libéral, l'accueillait à merveille et le trouvait bon enfant.

C'était en effet un [grand enfant, amoureux de

sons, de couleurs et de rêves. Il était mélancolique et, comme il le disait lui-même, il voyait
plus volontiers les larmes que les sourires des
choses : mais sa mélancolie était sereine et expansive. Son cœur s'épanouissait sans défiance ;
il contait au premier passant ses défauts, ses espérances, ses secrets et même ceux de ses amis.
Comme Montaigne, son auteur favori, « il avait
une merveilleuse lascheté vers la miséricorde et
mansuétude ; » comme lui aussi, son esprit ne
faisait que « vaguer, flotter et doubter, » mais
son scepticisme inoffensif reposait doucement sur
un fond de mysticisme, comme un ruisseau qui a
couru un moment dans les cailloux et qui arrive
à un lit de molles herbes caressantes. Il s'interrogeait, s'étudiait sans cesse, était passionnément épris de la nature et trouvait, pour la dé-
crire, une éloquence parfois un peu précieuse,
mais toujours originale.

A peine eut-il serré la main de M. de Lisle que
celui-ci se leva, siffla Tant-Belle, et partit pour
l'auberge. Évonyme et Antoinette restèrent seuls
sous le vaste manteau de la cheminée, dont le
brasier éclairait doucement la vieille cuisine,
encombrée de meubles et enfumée.

— Allons, bel oiseau mélancolique, dit Antoinette en tendant coquettement ses petits pieds

vers la braise, cette pluie funèbre m'a mise à
votre diapason, contez-moi une de vos histoires
de cimetière.

— Ne vous moquez pas de mes cimetières, répliqua ingénument Évonyme ; hier, à Vivey, j'en
ai justement vu un qui est charmant et qui m'a
fait rêver ; j'ai couché ma rêverie tout au long
dans mon *journal*.

Antoinette sourit. — Il existe donc toujours, le
fameux *journal ?*... Je croyais que vous aviez renoncé à écrire.

— A être publié, oui ; à écrire, jamais !... Je
tisse mes vêtements, mais je ne les porte pas en
public. Le monde peut me croire gueux : peu
m'importe si j'ai chez moi une garde-robe bien
garnie... Quand je suis fatigué d'errer par monts
et par vaux ou de causer avec mes amis Montaigne et La Fontaine, j'ouvre mon *journal*, et je
cause avec moi-même. C'est là que sont notées
et numérotées comme de vieilles mélodies, mes
sensations de chaque jour. Là, je respire d'antiques fleurs qui, bien que desséchées ont conservé pour moi un parfum intime et doux. Mon
journal me console de ma nullité ; lui et moi,
comme les amants dont parle le poète :

Nous sommes l'un à l'autre un monde toujours beau,
   Toujours divers, toujours nouveau...

— Dites-moi, Évonyme, interrompit Antoinette ; pourquoi, avec ces dispositions casanières, ne vous êtes-vous pas marié ?

Elle avait appuyé l'un de ses coudes sur ses genoux, et, la main sous le menton, elle regardait malicieusement Évonyme, qui poussa un soupir.

— Mes amis, répondit-il, s'en étonnent comme vous ; mais se marier, c'est fermer la porte à toutes les songeries inutiles, c'est visiter un pays curieux, escorté du cicérone et en subissant les formules du guide officiel.

Antoinette se mit à rire en agitant au-dessus du brasier son pied à demi chaussé d'une pantoufle microscopique, Evonyme, à la dérobée, lorgnait le joli modelé du talon et la fine cambrure du cou-de-pied, mais n'en paraissait pas autrement troublé. — Et puis, reprit-il d'un ton comiquement confidentiel, vous l'avouerai-je ? les femmes me font peur.

Les rires d'Antoinette redoublèrent : elle avança d'un air espiègle vers Evonyme sa figure railleuse, et murmura : — Comment toutes ?... même moi ?

— Vous ? fit Evonyme, un moment pensif, mais oui, vous surtout... La femme est dangereuse et troublante, mais la jeune fille est une redoutable Isis voilée, dont les bandelettes ne se déroulent

qu'après le mariage ; alors on s'aperçoit qu'on a
pour la vie, à ses côtés, qui un ange et qui une
oie, celui-ci une nonne, et cet autre une furie...

— Je voudrais bien savoir ce que je serai, moi,
quand le voile tombera! s'écria Antoinette —
Elle s'était levée brusquement et se tenait plantée
devant Evonyme d'un air espiègle et provocant.
La flamme du brasier éclairait de bas en haut
sa taille svelte et sa poitrine délicieusement ac-
cusée par le corsage collant d'une robe de mérinos
bleu. Le reste de sa personne demeurait dans
une pénombre mystérieuse qu'illuminait parfois
la tremblante lueur des tisons, et alors on distinguait un cou délicat et l'ovale allongé d'une
figure spirituelle que des cheveux crépelés enca-
draient, et qui rappelait les têtes de l'école de
Léonard de Vinci. Evonyme, ébahi et muet,
admirait d'un air craintif les grands yeux de la
jeune fille, sa bouche moqueuse aux lèvres
très rouges et aux coins retroussés. — Voyons,
répéta Antoinette en croisant les bras, dites-moi
quel monstre je puis bien être !

— Vous ? répondit-il lentement, vous êtes une
ondine... Oui, vous êtes une fille de l'eau : vous
en avez le charme et la mobilité, les colères sou-
daines et le calme perfide ; vos yeux verts en ont
gardé la couleur inquiétante. Celui que vous ai-

merez aura besoin d'un cœur solidement trempé;
s'il se laisse attendrir un seul moment, miséricorde! je le plains. Vous l'entraînerez avec vous
dans les abîmes de votre élément paternel...

Il s'arrêta tout à coup en voyant l'expression
assombrie de la figure d'Antoinette ; son sourire
s'était évanoui et ses yeux étaient pleins de
larmes. — Vous me croyez donc bien mauvaise?
dit-elle d'une voix sourde.

A l'aspect de cette brusque métamorphose et
de ces larmes sur le point de jaillir, Evonyme eut
un remords. — Bah! je plaisante, s'écria-t-il en
s'efforçant de donner un ton caressant à sa voix
rauque ; seulement je suis comme l'âne de La
Fontaine, qui veut imiter le petit chien, j'ai la
plaisanterie un peu lourde... Pardonnez-moi, et
ne me prenez pas au sérieux

On entendit Tant-Belle gratter à la porte, et
Antoinette essuya rapidement ses yeux. M. de
Lisle entra ; il fronçait les sourcils et sifflotait
entre ses dents, — signe de mauvaise humeur.

— Eh bien! lui demanda sa fille, as-tu vu ton
garde général?

— Oui, grogna M. de Lisle, c'est un singulier
monsieur!... A peine a-t-il daigné répondre aux
avances que lui faisais. Je ne sais pas où le gouvernement va prendre maintenant ses employés!

— J'en étais sûre, dit la jeune fille, encore quelque sanglier grognon, vieux et laid.

— Vieux ? non. Trente ans, la mine sévère et une barbe noire, l'air d'un conspirateur.

La figure d'Antoinette prit une expression moins indifférente, et Evonyme demanda le nom du nouvel arrivant. — Il s'appelle Duhoux, répondit M. de Lisle.

— Duhoux ? reprit Evonyme en se levant pour partir. J'ai eu au collège un camarade de ce nom-là ; ce serait bizare si c'était le même.

— Duhoux ! s'écria Antoinette, le nom va bien avec le signalement du personnage. Ce doit être un de vos amis, Evonyme ! Bonsoir, je suis lasse, et je vais me coucher.

II

Le lendemain, celui dont l'arrivée avait piqué la curiosité de M. de Lisle, Jacques Duhoux, était réveillé par le tumulte matinal de l'auberge de Pitoiset. Cette maison, l'unique hôtellerie d'Auberive, n'était pas précisément le temple de la paix. Le tintement des verres, les propos des buveurs, les aboiements des chiens, se mêlant à la voix stridente de l'hôtesse, y faisaient un vacarme

des moins réjouissants. Le nouveau garde général ·
n'y put tenir, et, s'habillant à la hâte, chercha un
refuge sous une allée de tilleuls, située en face
de l'auberge et bordée par deux bras de l'Aubette.
Cette avenue, appelée dans le pays la promenade
d'*Entre deux eaux*, reliait les maisons du village
à l'ancienne abbaye d'Auberive. Elle était do-
minée d'un côté par le moulin et le jardin en
terrasse de la maison des Corderies. Le brouhaha
ne convenait guère aux goûts studieux de Jacques
Duhoux. Au sortir de l'école forestière, ayant eu
la chance d'être nommé stagiaire dans sa ville
natale, il n'avait quitté sa famille que pour faire
une excursion scientifique à travers les forêts de
l'Allemagne. Le train de vie de l'auberge contrastait trop complètement avec les calmes et méthodiques habitudes de la maison de son père
pour qu'il ne se sentit point dépaysé et déso-
rienté. La vue de la verdure et le murmure de
l'eau le rafraîchirent un instant et rassérénèrent
un peu ses idées. Cependant en cheminant sous
les tilleuls, son cœur se serra de nouveau, et les
détails familiers qu'il observait çà et là ravivèrent
la tristesse nostalgique dont il souffrait. Les
pièces de toile étendues au soleil, dans la prairie
du moulin, lui rappelaient sa petite ville et les
préoccupations de sa mère au temps des lessives;

l'aspect des vergers en fleurs évoquait le souvenir du jardin où ses sœurs venaient, l'après-midi, broder auprès des framboisiers.

Il errait ainsi, en proie à tous ces souvenirs, sans se douter qu'au même moment il était l'objet d'un espionnage minutieux. Mlle de Lisle l'avait aperçu du haut de la terrasse des Corderies, et avait sur-le-champ deviné dans ce promeneur étranger le nouveau forestier signalé par son père. Cachée derrière un noisetier déjà feuillu, elle l'observait d'autant plus curieusement qu'il ne répondait en aucune façon au personnage que son imagination avait créé de prime-saut. Jacques Duhoux n'était pas beau, mais ses traits irréguliers, à la fois énergiques et sévères, ses yeux enfoncés sous l'orbite, son front large, lui donnaient une physionomie mâle et accentuée. Dans ce jeune homme alerte, robuste et de fière tournure, on devinait un caractère et une volonté. Il marchait rapidement, les mains dans les poches de sa tunique verte et le front légèrement incliné. Tout à coup il secoua la tête comme pour chasser une pensée obsédante, puis il disparut dans la direction de l'auberge.

Il ne voulait pas se laisser envahir par la mélancolie. En homme d'action, il tenait la rêverie pour une occupation inutile et malsaine ; afin de

la combattre, il s'était décidé à partir en forêt et
à faire connaissance avec les gardes de son triage.
Une demi-heure après, il s'engageait dans les
grands bois montueux qui s'étendent entre Auberive et Vivey. Il ne s'était pas trompé en sup-
posant qu'une longue course suffirait pour rétablir en lui l'équilibre moral. La vue seule de la
forêt l'avait guéri. Fils et petit-fils de forestiers,
il aimait son métier avec passion. La solitude des
bois où la vie circule à petit bruit plaisait à son
cœur ; il y trouvait l'attrait d'une action inces-
sante et féconde se développant dans une atmos-
phère silencieuse. La forêt n'est jamais muette,
et cependant elle donne une impression de silence et d'apaisement. Au bout de cent pas,
Jacques se sentit ragaillardi, retrempé. Il franchit
d'un pied joyeux le ruisseau de Vivey et gagna
une vaste clairière qui porte le nom de la *Planche
au vacher*. Déjà il foulait allègrement la pelouse
élastique du pâtis inondé de lumière, quand il
vit déboucher du bois un grand garçon vêtu d'un
paletot noisette, ayant le nez plongé dans un livre
et faisant de larges enjambées. Ce promeneur ex-
centrique, parlant à voix haute et gesticulant,
s'avançait vers le garde général sans le voir.
Dans ce pâtis écarté; une pareille rencontre était
peu commune ; Jacques s'arrêta pour examiner

9

l'enragé liseur. Lorsque celui-ci fut à deux pas,
il releva la tête et poussa une retentissante exclamation.

— Jacques Duhoux, c'est donc bien toi ?

— Évonyme ! s'écria Jacques, qui reconnut alors
son ancien camarade de collège.

Il y avait dix ans qu'ils ne n'étaient vus. Ils
se serrèrent les mains et s'accablèrent de questions à propos du temps passé, des amis disparus,
des châteaux en Espagne écroulés...

— Ça, qu'est-tu devenu ? demanda Jacques...
J'ai cherché bien des fois ton nom dans les journaux. Je te croyais lancé en plein dans la littérature. Évonyme secoua mélancoliquement la tête.
— Oui, soupira-t-il, je donnais des promesses...
La chrysalide était jolie, mais le papillon a sottement avorté. Avec le goût des lettres, la fée qui
vint à ma naissance m'avait doué d'un penchant
trop prononeé à la paresse. Une fois sur la pente,
j'ai doucement dégringolé jusqu'en bas... Je m'en
console avec mes livres, dit-il en frappant sur la
reliure d'un volume de Montaigne, et puis je vis
heureux ici, en tête-à-tête avec ma rêverie. Les
oiseaux et le vent sont mon orchestre, et je danse
avec mon imagination. Je sais bien que je suis
ridicule comme un vieux valseur à barbe grise,
mais sa danseuse prétend que non ; elle me mur

mure à l'oreille que les poètes qui chantent en public sont les moins émus et les moins sincères.

Jacques riait. — Et toi ? ajouta Évonyme en serrant de nouveau la main de son mari.

— Oh ! moi, répondit celui-ci, ma vie est bien simple. Le programme que je me suis tracé à vingt ans est prosaïque comme une formule d'algèbre. Je l'ai suivi pourtant, et j'espère lui être fidèle... J'aime passionnément mon métier, et jusqu'à présent j'ai plus vécu avec les arbres qu'avec les hommes. Mon unique ambition est de prêcher le reboisement de nos montagnes : un pays qui n'a plus de bois est un pays sans avenir. Je veux travailler ferme, pendant un an ou deux, puis me faire nommer chez moi et n'en plus sortir. Là, j'épouserai une douce et simple fille, que ma brave mère convoite déjà pour moi, et j'écrirai un livre sur la sylviculture.

— Tu te marieras ! s'écria Évonyme, devenu songeur... Je me demande parfois si je ne devrais pas en faire autant. Je n'ai pas la gloire, j'aurais au moins des enfants qui me croiraient un grand homme sur ma seule parole... tant qu'ils resteraient petits.

Ils causèrent encore ainsi pendant un quart d'heure, puis se séparèrent, non sans qu'Évonyme eût fait promettre à Jacques de venir le lendemain déjeuner avec lui à la ferme du Val-Clavin.

Le soir du même jour, Évonyme alla passer une heure aux Corderies. M. de Lisle était absent. Il trouva Antoinette qui se promenait le long des noisetiers de la terrasse, et il lui conta sa rencontre avec Jacques.

— C'est toujours, dit-il, le même garçon que j'avais connu au collège : austère, honnête, loyal, animé d'une volonté qui m'effraie. Il vient déjeuner demain chez moi, et je me réjouis de causer longuement avec lui.

— Et de lui lire votre *journal* au dessert, répliqua Antoinette en riant. — Elle fit quelques pas, puis se retournant brusquement vers Évonyme : — Je serais curieuse de le connaître, votre puritain ; ne me l'amènerez-vous pas ?

Évonyme prit son air ébahi. — Quelle idée !... Jacques accueillerait probablement une pareille proposition comme il a reçu les avances de votre père. C'est un sauvage... D'ailleurs, il vous déplairait et vous ne lui plairiez pas.

— Et pourquoi ne lui plairais-je pas ?

— Parce que votre caractère est tout l'opposé du sien.

— C'est-à-dire que je suis inepte, étourdie et frivole ? Grand merci !

Évonyme essaya de se tirer d'embarras en expliquant que son ami était très farouche, et qu'il fuyait la société des femmes ; mais tout cela ne fit qu'irriter la curiosité d'Antoinette, elle insista de nouveau pour connaître le forestier, en ajoutant d'un air espiègle qu'elle ne serait pas fâchée de tourner un peu la tête à ce vertueux Grandisson. Alors Évonyme, impatienté et poussé dans ses derniers retranchements, finit par répondre qu'elle perdrait son temps, et que Jacques était déjà fiancé dans sa ville natale.

— Une fiancée, s'écria la jeune fille d'un air dédaigneux ; une provinciale aux mains rouges, qui fait des confitures et brode au tambour... A merveille, il est complet, Jacques le ténébreux ! Eh bien ! mon pauvre ami, si je voulais m'en donner la peine, malgré son austérité, sa science et sa fiancée aux grands pieds, je ne demanderais pas huit jours pour le rendre amoureux et lui faire suspendre des madrigaux à tous les arbres de la forêt !

Évonyme sourit d'un air incrédule. Antoinette, que l'opposition irritait, se piqua au jeu et déclara qu'elle tenterait l'aventure.

— Je serais curieux, dit Évonyme, de savoir comment vous vous y prendrez pour rendre amoureux un garçon que vous ne rencontrerez nulle part, et qui ne viendra certes pas vous faire visite.

— Qui sait ?... Vous me l'amènerez un de ces jours.

— Je m'en garderai bien !

— Alors, je le verrai ailleurs.

— Je vous en défie.

— Vous m'en défiez ! — Antoinette s'arrêta toute frémissante, et une flamme passa dans ses yeux. — Je le verrai pas plus tard que demain, voulez-vous parier ?

— Parier quoi? dit Évonyme en riant de son gros rire, qui redoublait l'irritation nerveuse de la jeune fille.

— Si vous perdez, répondit-elle, vous me donnerez ce volume de Musset que vous m'avez toujours refusé. Ah ! vous m'en défiez ; nous verrons bien ! — Et brusquement elle quitta la terrase en laissant Évonyme stupéfait.

Le lendemain, Antoinette, silencieuse et agitée, allait et venait par la maison sans pouvoir tenir en place. M. de Lisle, parti dès l'aube pour la foire de Grancey, ne devrait rentrer qu'à la nuit. Elle déjeuna rapidement sur un coin de la table de la cuisine, puis jetant sa serviette : — Céline, dit-elle d'un ton câlin, si tu étais bien gentille, tu chausserais tes bottes de sept lieues, et nous irions faire un tour dans les bois.

Céline eut beau objecter qu'il allait pleuvoir et

qu'elle ne mettrait pas les pieds dehors, elle finit
par plier devant les caprices de son enfant gâtée,
et alla s'habiller. Antoinette se précipita dans sa
chambre, boutonna ses guêtres de coutil, se coiffa
d'un petit chapeau rond de feutre gris, et reparut
enveloppée d'un coquet paletot de drap, dans
les poches duquel elle enfonçait ses mains d'un
air cavalier. Cinq minutes après, elle marchait
dans la direction des bois du Val-Clavin, traînant
victorieusement à sa suite la pauvre Céline qui
protestait encore, en montrant les nuages sombres et en contant de tragiques histoires de fluxions
de poitrine.

Le temps à la vérité n'était guère engageant. Il
avait plu pendant la nuit, la route était détrempée, et les bois étaient mouillés. Céline poussait des soupirs chaque fois que son pied glissait
dans la terre boueuse ou que sa robe s'accrochait
aux ronces. Antoinette lui répondait par un éclat
de rire, et poursuivait sa promenade en cueillant
de ci et de là des pervenches et des gerbes de
graminées. — Sainte Vierge, ma petite fille, de
quel train tu vas ! s'écriait Céline essoufflée. —
Pour comble de malheur, les nuages suspendus
au-dessus de la forêt crevèrent brusquement, et
une averse se mit à tomber.

— Je te l'avais bien dit, gémit Céline. Retournons

— Cela n'est rien, répliqua Antoinette, prenons sous bois ; les feuilles nous garantiront.

Elle quitta bravement le sentier et s'enfonça sous les arbres. Elle allait droit devant elle, comme si elle eût suivi un plan tracé d'avance. Les feuilles à demi dépliées ne faisaient guère obstacle à la pluie qui ruisselait sur les deux promeneuses. Tout à coup le bois s'éclaircit, on entendit des coqs chanter, et, en atteignant la lisière, elles virent à leurs pieds une combe verte au milieu de laquelle s'élevaient les murs gris et les toits d'une ferme.

— Nous voilà dans un bel état ! s'écria Céline en secouant ses jupes mouillées. Qu'allons-nous faire ?

— Une chose bien simple, répondit Antoinette ; voici là-bas la ferme du Val-Clavin, nous allons y descendre et demander l'hospitalité à Évonyme, qui s'empressera de mettre un fagot au feu pour nous sécher.

Céline se récria. Évonyme avait annoncé la veille qu'il avait le garde général à déjeuner; que penserait ce monsieur en voyant arriver Antoinette et sa bonne, faites comme deux bohémiennes?

— Ce monsieur, dit Antoinette, pensera ce qu'il voudra.

Tout en prononçant ces mots d'un ton bref, elle sortit résolument du bois, et, sans pitié pour les blés verts d'Évonyme, elle marcha droit à la ferme. Céline la suivait clopin-clopant. Antoinette traversa la grande cour sans se soucier des gloussements de la volaille effarouchée et des regards ébaubis de la fermière ; puis, d'un bond et comme pour s'ôter le temps de la réflexion, elle s'élança vers le logis d'Évonyme, où elle entra violemment, la tête haute, le cœur bondissant et les bras serrés contre sa gerbe de fleurs mouillées...

Les deux amis achevaient leur café et fumaient près d'un feu à demi éteint, tandis qu'en face d'eux la fenêtre ouverte laissait voir la combe verdoyante et les bois vaporeux. A l'aspect d'Antoinette, Évonyme bondit sur sa chaise. Jacques se leva, déposa son cigare et regarda d'un air intrigué son ami et la jeune fille.

— Comment, c'est vous ! s'écria enfin le maître du logis.

— Oui, c'est moi ! répondit-elle d'une voix étranglée par l'émotion, vous me devez un Musset, mon cher Évonyme !... Je vous ai dérangé... Monsieur voudra bien m'excuser.

Jacques s'inclina silencieusement, et ses yeux noirs se fixèrent curieusement sur cette étrange apparition. Antoinette, au milieu de la salle, son bouquet à la main, l'œil brillant, la joue humide, gardant encore dans ses cheveux et sur sa robe

les traces du ruissellement de l'ondée, avait l'air
d'une naïade. Évonyme ne disait mot, et semblai-
confus et ennuyé. Il y eut un moment de silence
pendant lequel on entendit distinctement le chant
des alouettes dans les blés. Antoinette, qui sentait
son aplomb l'abandonner, voulut payer de hart
diesse. — J'avais projeté une promenade dans
les bois, balbutia-t-elle en essayant de sourire,
la pluie nous a surprises, alors j'ai eu l'idée...
c'est-à-dire Céline s'est mis en tête de se réfugier
ici...

Le regard de Jacques fixé sur elle la déconcer-
tait. Les traits du forestier s'étaient rembrunis en
écoutant la peu vraisemblable histoire débitée
par Antoinette. Elle l'examinait à la dérobée, et
lisait sur cette figure sévère une pensée de désap-
probation. Elle ne put achever sa phrase et se
retourna vers Céline pour cacher son embarras.

— Allons, dit Évonyme qui riait sous cape et
qui eut pitié d'elle, venez vous sécher toutes deux,
et une autre fois consultez votre baromètre quand
vous voudrez vous risquer dans les bois du Val-
Clavin.

Le ton de commisération railleuse dont ces
derniers mots étaient accompagnés exaspéra Antoinette. Subir la compassion d'Évonyme devant
cet étranger, devant M. Duhoux, c'était trop !...

Le regret de sa folle équipée, mêlé au sentiment
d'une secrète humiliation, réveilla ses nerfs irri-
tables. — Merci, fit-elle en se redressant fière-
ment, tandis qu'un éclair de dépit allumait ses
yeux... Je ne suis pas mouillée, et je ferai mieux
de rentrer... Partons, Céline, le temps s'est
éclairci.

— Il pleut à verse ! s'écria Céline consternée.

— Non, non, reprit-elle précipitamment, partons !

Sans saluer Jacques, qui continuait à la regarder flegmatiquement, sans écouter les objurga-
tions d'Évonyme, qui la suppliait de rester, elle
entraîna Céline, et disparut à travers la pluie battante.

— Voilà une étrange petite personne, dit Jacques à Évonyme, qui refermait la porte. — Le
forestier s'était remis à fumer et se promenait de
long en large.

— C'est la fille d'un de mes amis, M. de Lisle,
une enfant gâtée et élevée à la diable dans un
pensionnat de Paris ; mais il ne faudrait pas la
juger sur les apparences. Je t'assure qu'elle a un
bon cœur et une excellente nature. — Et le brave
Évonyme se mit en devoir d'énumérer toutes les
aimables qualités d'Antoinette.

— Oui, dit Jacques, une demoiselle moderne...

C'est un genre de femme que je n'aime pas et
qui me fait peur.

III

Le retour aux Corderies s'effectua en silence
sous une averse qui tombait dru et qui ne cessa
pas un instant. A peine arrivée, Antoinette monta
dans sa chambre, s'y enferma et n'en redescendit
que le soir, de fort mauvaise humeur ; mais, en
voyant Céline toute dolente et courbatue, la jeune
fille sauta au cou de sa bonne. Elle l'accabla de
caresses, fit bouillir de l'eau, prépara une infu-
sion, et força Céline à l'avaler. — Hélas ! s'écria-
t-elle en l'embrassant, pardonne-moi, je suis dé-
cidément une détestable créature.

— Allons donc, ma petite fille, répondit Céline,
ne dis pas de sottises. Est-ce que je t'en veux
moi ? Est-ce ta faute s'il a plu, et si nous avons
été mal reçues au Val-Clavin, grâce à ce forestier
grognon et mal appris ?

Les joues d'Antoinette s'empourprèrent. —
Tais-toi ! reprit-elle en lui mettant la main sur

la bouche, ne me parle plus de cette ridicule
aventure ! J'en meurs de honte.

Un sanglot lui coupa la parole, elle se rejeta
dans les bras de sa bonne et fondit en larmes.
Les tendresses de Céline réussirent enfin à la calmer, mais non à lui faire oublier la scène de la
ferme. Pendant plusieurs jours, elle resta rêveuse
et préoccupée. Elle n'avait qu'à fermer les yeux
pour revoir Jacques Duhoux debout contre le
manteau de la cheminée et la contemplant d'un
air de pitié hautaine. Ce regard scrutateur, qui
lui avait fait perdre son sang-froid à la ferme, la
poursuivait partout, jusque dans ses rêves.

Lorsque Évonyme revint aux Corderies, la première parole d'Antoinette fut pour le supplier de
ne pas raconter sa malencontreuse équipée à
M. de Lisle ; puis elle ajouta rapidement en baissant les yeux — Je serais curieuse de savoir ce
que votre ami a dit de moi après mon départ.

— Mais rien absolument ! répondit Évonyme,
qui ne voulait pas augmenter la confusion d'Antoinette en lui rapportant les dures réflexions de
Jacques.

— Quoi ! pas un mot ?

— Non. Jacques est très réservé, ses études
l'absorbent, et je suis sûr qu'il a déjà tout oublié.

— Tant mieux ! fit Antoinette désappointée.
— Ce froid dédain lui semblait la pire des in-
jures ; elle eût préféré les méchancetés les plus
mordantes à une si complète indifférence.

Indifférent, Jacques ne l'était pas, et la brusque apparition d'Antoinette avait fait sur lui une
impression dont la vivacité même l'inquiétait.
Dans le milieu calme et patriarcal où s'était jusqu'alors passée sa vie, il n'avait jamais rencontré que des femmes à l'allure grave ou des jeunes
filles timides et discrètement élevées. L'atmos-
phère des petites villes avait jeté sur ce monde
provincial la même teinte uniformément grise ;
tout y était réglé, mesuré et pesé : les paroles,
les manières, et les démarches. Les toilettes y
étaient simples, les figures modestes ou insigni-
fiantes. Auprès de ces médailles effacées, Antoinette avec son ton cavalier, sa mise un peu ex-
centrique et surtout son originale beauté, faisait
un contraste singulier, pareil à celui qu'une superbe fleur exotique, à l'odeur et aux couleurs
violentes, produirait au milieu d'un bouquet de
roses du Bengale. Cet éclat avait à la fois ébloui
et troublé Jacques Duhoux. Il était trop peu expansif pour en avoir rien laissé paraître devant
Évonyme, mais la scène du Val-Clavin l'avait vivement frappé. Son esprit fut hanté longtemps

par le souvenir d'Antoinette entrant dans la ferme,
les joues en feu et les cheveux semés de gouttes
de pluie Longtemps cette fantasque image volti-
tigea entre lui et ses écritures. A la fin, impatienté et irrité contre lui-même, il secoua impé-
rieusement cette obsession, et pour en empêcher
le retour, il évita de traverser le village lorsqu'il
se rendait en forêt.

Le hasard devait déjouer toutes ces sages précautions. Il advint que, vers la fin de mai, le
brigadier forestier d'Auberive maria sa fille à un
commis de forge des environs. Le mariage était
honorable, et le brigadier Sauvageot voulut le
célébrer solennellement en invitant de nombreux
convives au dîner de noce et au bal qui devait
suivre. Au nombre des invités se trouvaient Jacques Duhoux, qui n'avait pu faire l'affront d'un
refus à son subordonné; Évonyme, qui était de
toutes les noces du village, et M. de Lisle, qui
avait vidé plus d'un verre avec le père Sauvageot.
Antoinette avait promis à la jeune mariée d'assister au bal. Vers le soir, Céline la conduisit jusqu'à la maison forestière, puis s'en revint en
maugréant aux Corderies pour préparer le souper
des bêtes.

La maison forestière était située dans les bois,
un peu au-dessus des étangs de la Thuilière, et,

comme le mois de mai avait été exceptionnelle-
ment chaud, on avait dîné et on devait danser en
plein air. La salle de bal était installée sur l'emplacement d'un ancien rendez-vous de chasse nommé la *Belle-Étoile*. Tout autour, la forêt profonde
faisait aux danseurs une ceinture d'ombre et de
silence, et l'une des tranchées, en s'évasant brusquement, laissait voir, par-dessus les masses du
taillis, la combe voisine, où dormaient les étangs
et où le soleil couchant s'enfonçait dans une
brume empourprée.

Quand, après avoir fumé, Jacques Duhoux se
décida à jeter négligemment un coup d'œil sur
le rond-point, le bal était déjà commencé. L'orchestre jouait une valse, et les couples tournoyaient lentement sur la pelouse. La première
danseuse qui passa devant Jacques, entraînée
par le bras vigoureux d'un jeune commis, fut Antoinette. Elle était vêtue d'une robe de mousseline
blanche à raies bleues verticales ; sur ses belles
épaules, un fichu de tulle était croisé, et dans
ses cheveux, relevés au sommet de la tête par
un antique peigne d'écaille, elle avait piqué,
pour tout ornement, trois fleurs de narcisse. Elle
valsait d'une façon charmante ; indifférente à la
personnalité de son valseur, elle ne semblait lui
demander qu'un bras solide et le sentiment de la

mesure. Ainsi soutenue par une robuste étreinte,
elle glissait légèrement, chastement, comme une
forme aérienne. Elle s'enivrait de musique et de
mouvements rhythmés, sa bouche ébauchait un
fin sourire, ses regards semblaient noyés dans
une délicieuse extase. En apercevant Antoinette,
Jacques Duhoux recula instinctivement dans
l'ombre, mais il ne partit pas. Caché derrière la
rangée de grands-parents, il ne quittait pas des
yeux la valseuse à la robe blanche rayée de
bleu. Elle exerçait sur lui une lente et irrésistible
fascination. Jamais il n'avait soupçonné tant de
grâce voluptueuse dans un corps de jeune fille.
Parfois elle disparaissait, perdue dans la foule,
puis il la revoyait soudain à deux pas de lui, et
il se sentait brusquement ébloui par une douce
lumière, comme lorsque la lune, un moment cachée derrière les nuages, reparaît tout à coup
dans sa blanche et amicale sérénité.

Peu à peu, la nuit était venue ; les lanternes de
couleur scintillaient dans les feuilles comme des
vers luisants, et à travers les arbres les étoiles
clignaient leurs yeux d'or. Un quadrille avait
succédé à la valse. Antoinette y figurait en face
de la mariée. Son visage était épanoui, ses yeux
rayonnaient, elle était toute à la joie de la fête
Entre deux figures, Jacques la vit tout à coup

quitter son danseur, s'élancer vers le banc où
M. de Lisle était assis, déposer deux baisers sur
les joues de son père, et puis se perdre de nouveau dans le tumulte du bal.

M. de Lisle commençait à trouver le temps
long, il ne songeait pas sans inquiétude au souper de ses bêtes, puis il avait largement dîné, et
il aimait à se coucher de bonne heure. Il se glissa
adroitement hors du cercle du bal. — Cette petite
s'amuse et ne voudra pas revenir encore, se dit-
il, bah ! ne troublons pas son plaisir. — Il aperçut Évonyme, qui rêvait dans un coin. Ormancey la ramènera, pensa-t-il, — et, cette réflexion calmant ses derniers scrupules, il s'es-
quiva sans rien dire.

Or, dans le même moment, Évonyme était
plongé jusqu'au cou dans un de ses accès de mélancolie. Le spectacle d'une noce, la musique et
la joie d'un bal le remuaient toujours profondément. L'éternel problème du mariage le tourmentait alors avec plus de persistance. Il jeta un
regard pensif sur les physionomies radieuses des
jeunes mariés et poussa un soupir : — Ces gens-
là sont heureux! Se marier, faire souche de
petits Évonyme, ce serait pourtant le vrai but et
la vraie fin. — Il s'arrêta, bourra sa pipe et l'alluma, puis, comme si cette opération eût rejeté

son esprit irrésolu dans un courant contraire : — Oui, reprit-il, mais une fois marié, on est figé dans son bonheur, comme le métal en fusion se fige pour l'éternité dans le moule où il est entré en bouillonnant. Or l'immobilité, c'est l'ennui. Vive la nature toujours ondoyante et diverse ! — Il se leva, tira deux ou trois bouffées et contempla la futaie solitaire. Les grandes tranchées aux ombres mystérieuses l'attiraient. La musique du bal devait y avoir des accents plus voilés et plus charmants... — C'est ainsi, pensait-il, que je voudrais toujours envisager le mariage... à distance. Bah ! égarons-nous dans la forêt où les rossignols chantent seuls ! — Et là-dessus, il s'enfonça peu à peu dans l'ombre et disparut.

Cependant le bal menait toujours ses bruits joyeux, les heures se passaient, et Jacques ne se lassait pas de regarder Antoinette, qui ne se lassait pas de danser. Tout à coup il ne vit plus la jeune fille, et, déjà honteux de sa folie, il songeait à regagner le bourg quand une grosse voix, celle du brigadier, résonna derrière lui.

Il se retourna et vit Sauvageot, qui lui présentait Antoinette, encore toute frémissante de l'agitation du bal et drapée dans un burnous blanc dont le capuchon lui retombait sur les yeux. — Je voudrais, dit le brigadier, vous demander un

service. Voici mademoiselle de Lisle qui désire
retourner à Auberive ; son père s'en est allé, et
je ne puis pas la confier à un de nos jeunes étour-
neaux... Comme vous partez, seriez-vous assez
bon pour la ramener chez elle?

Il n'y avait guère moyen de refuser. Jacques
s'inclina silencieusement devant mademoiselle de
Lisle, et, prenant congé de Sauvageot, se mit
à marcher à côté de la jeune fille dans le petit
chemin caillouteux qui descendait vers la Thuilière. Pendant cinq ou six minutes, ils gardèrent
le silence, Jacques, embarrassé et intimidé par
ce tête-à-tête inattendu, cheminait pensif et la
tête baissée ; Antoinette, encapuchonnée dans
son burnous, prêtait l'oreille à la musique du
bal qui retentissait derrière les feuillées, et les
mouvements de son corps souple et onduleux
semblaient encore suivre le rhythme de la valse
lointaine. Elle fit soudain une glissade sur les
cailloux et poussa un petit cri. Le forestier crut
devoir lui offrir son bras, mais elle refusa sous
prétexte que le sentier était trop étroit. Jacques
s'inclina sans insister, et la conversation tomba
de nouveau. En ce moment, la lune se montra,
et sa lueur bleuâtre glissa comme un léger réseau
d'argent sur toutes les masses boisées. En bas,
dans la combe de la Thuilière, les eaux de l'étang.

reflétèrent le disque déjà échancré, et tout au
loin, du côté du Val des Frais, un rossignol se
mit à chanter. — Monsieur Duhoux, dit brusquement la jeune fille, mon escapade du Val-Clavin
vous a scandalisé, et vous avez de moi une opinion détestable!...

— Moi, mademoiselle?...

— Oui, vous m'avez prise pour une fille mal
élevée. Avouez-le, je ne m'en fâcherai pas. J'ai
été très heureuse ce soir, et rien ne me rend bonne
comme le bonheur.

— Et, demanda Jacques d'un ton légèrement
ironique, cela vous arrive fréquemment?

Elle s'arrêta, le regarda d'un air malicieux et
répondit avec un petit accent très net et très résolu : — Oui, chaque fois qu'on fait ce que je veux.

— Hum! dit Jacques, c'est une satisfaction
qu'on n'a pas souvent dans la vie.

— Mais si! reprit ingénument Antoinette; d'a-
bord, avec moi, on finit toujours par céder. Papa
prétend que je suis *embobelineuse*, et puis Céline
me gâte.

— Qu'est-ce que Céline !

— Ma bonne ; elle ne m'a pas quittée depuis
ma naissance : aussi je l'aime bien et elle m'a-
dore. Quand ma mère m'avait punie, c'était toujours Céline qui venait me consoler... Et elle ve-

naît souvent, car j'étais paresseuse comme une loutre.

— Entre nous, dit Jacques d'un ton demi-grave et demi-plaisant, mademoiselle Céline vous eût rendu un meilleur service en vous tirant les oreilles.

— Eh bien ! vous vous trompez, reprit vivement Antoinette ; on obtient tout de moi par la tendresse, rien par la violence !... On crut me mater en m'envoyant au Sacré-Cœur de Marmoutiers.

— Et on obtint un résultat ?

— Tragique... Lorsque je me vis ensevelie dans une affreuse robe d'uniforme gros vert, je fus si désespérée que je résolus de me faire mourir. J'avais emporté avec moi ma boîte de couleurs ; j'y pris un pain de bleu de Prusse. Céline, en me recommandant de ne pas mettre mon pinceau à mes lèvres, m'avait toujours dit que c'était du poison, et j'espérais bien en avoir assez pour me tuer. Je tenais mon bleu de Prusse dans ma poche, je le tâtais de temps en temps, je le mettais sous mon oreiller pendant la nuit ; enfin, un soir que je m'étais sentie plus malheureuse et plus abandonnée que jamais, je l'avalai.

— Cela dut vous rendre horriblement malad s'écria Jacques d'un air à la fois étonné et choqué.

— Oui, mais je n'en mourus pas, poursuivit-elle en riant, et on me retira du Sacré-Cœur.

— Ce fut un tort, reprit Jacques devenu pensif; on aurait dû vous y laisser, et je vous réponds que vous n'auriez pas recommencé l'expérience du bleu de Prusse.

Elle le regarda de côté et haussa les épaules. — Je ne conseillerais à personne de s'y fier, murmura-t-elle ; — puis rompant tout à coup la conversation, elle s'élança dans le taillis et se mit à cueillir des chèvrefeuilles sauvages qui se balançaient dans les branches d'un noisetier. Elle jetait à mesure les brins fleuris à Jacques Duhoux, qui la regardait, stupéfait. L'une des tiges ayant résisté sous ses doigts, elle se souleva sur la pointe des pieds, et, saisissant le bois vert entre ses dents, elle voulut le briser. Jacques admirait ses bras aux attaches menues et ses dents qui étincelaient au clair de lune. — Vous allez vous couper les lèvres ! murmura-t-il d'une voix doucement émue et presque caressante. — Cela contrastait si fort avec ses intonations ordinairement âpres et graves, qu'Antoinette s'arrêta surprise. Leurs regards se rencontrèrent pour la première fois, et Jacques se sentit remué de la tête aux pieds.

Quand elle fut fatiguée de cueillir des fleurs

ils descendirent vers le fond de la combe. C'était
le chemin le plus long, mais Jacques se laissa
faire et ne hasarda aucune observation. Ils se
trouvèrent bientôt au bord de l'étang, qui rayon-
nait d'une clarté féerique dans sa ceinture de
joncs frissonnants.

Antoinette, d'un brusque mouvement de tête,
fit tomber son capuchon et rejeta son burnous
derrière ses épaules. — Comme c'est beau ! dit-
elle avec enthousiasme, j'aime l'eau... Je l'aime
follement !

— Auriez-vous quelque ondine pour marraine ?
demanda Jacques en riant.

Elle sourit, fit une petite moue et reprit : —
Évonyme prétend que j'en suis une moi-même,
parce que j'ai les yeux verts.

— Verts ! murmura Jacques, vraiment ? Je les
croyais bleus.

— Vous aviez mal vu... Regardez ! ajouta-t-
elle étourdiment en rapprochant de Jacques sa
figure éclairée par la lune. — Ce sont de vrais
yeux d'ondine.

Jacques perdait peu à peu son sang-froid. —
Savez-vous, reprit-il d'une voix légèrement tremblante, que les ondines jouissaient d'une assez
mauvaise réputation ? On dit qu'elles étaient fatales à ceux qu'elles aimaient.

— Bah ! fit Antoinette en se rapprochant du talus de l'étang, c'est que leurs amoureux ne les aimaient pas bien... Il faut aimer trop pour aimer assez... A propos, puisque nous sommes dans mon royaume, je veux y cueillir quelques fleurs pour compléter mon bouquet.

Il y avait à trois pieds du talus un îlot couvert de saules et relié à la chaussée par une mince passerelle, et juste au-dessous de cette passerelle des trèfles d'eau berçaient leurs épis blancs et roses à demi submergés. Antoinette mit le pied sur la planche et essaya de les cueillir.

— Ne faites pas cela, s'écria Jacques, la planche n'est pas solide et l'étang est profond.

— Je n'ai pas peur de l'eau, répliqua malicieusement la jeune fille en imprimant un léger balancement à la passerelle.

— On vous a confiée à moi, et je ne vous laisserai pas commettre une pareille imprudence, dit Jacques sévèrement. — Et, comme elle n'avait pas l'air de l'écouter, il ajouta avec force : — Ne faites pas un pas de plus, je vous le défends !

— Oh ? oh ! répliqua-t-elle d'un air de défi, il ne faut jamais me dire de ces mots-là ! — En un clin-d'œil, elle fut au milieu de la passerelle, s'y agenouilla et trempa l'un de ses bras dans l'eau.

Jacques s'était élancé derrière elle. La crainte

de voir Antoinette prendre un bain assez dange-
reux, et la contrariété que lui causait cette folle
bravade, l'avaient vivement agacé, il saisit avec
emportement les deux bras de la jeune fille et la
releva énergiquement. Au même instant, sous ce
double poids, la frêle passerelle plia comme un
jonc, un craquement sourd se fit entendre, et
Antoinette poussa un cri de terreur en sentant
l'eau mouiller ses pieds. Jacques l'étreignit avec
une sorte de violence sauvage, et d'un bond
sauta sur le talus ..

Le saisissement et la peur de la jeune fille
avaient été si grands qu'elle resta pendant une
demi-minute sans mouvement dans les bras du
forestier. A travers les plis du burnous, Jacques
sentait la douce impression de ce corps souple et
alangui. Tandis que cette jolie tête renversée
reposait sur son épaule, le jeune homme eut le
temps d'admirer deux yeux doucement voilés par
des cils bruns, et parmi les cheveux châtains à
demi dénoués, la plus mignonne oreille rose de la
création... C'en était trop pour Jacques Duhoux. Il
avait beau se raidir contre la tentation, une at-
traction magnétique courbait déjà sa tête vers
celle de la jeune fille, quand un frémissement
parcourut tout le corps d'Antoinette ; elle ouvrit
les yeux, se dégagea lestement des bras de

Jacques, rougit très-fort, puis partit d'un long éclat de rire.

Jacques, qui était redevenu peu à peu maître de lui, se sentit sourdement irrité par ce rire bruyant. — La chose n'est pas si plaisante, dit-il avec humeur, l'étang est plein d'herbes et de vase, et, comme il est impossible d'y nager, nous aurions pu y rester tous les deux.

Antoinette s'était assise sur un tronc d'arbre et secouait son burnous tout trempé. — Eh bien! continua-t-elle de son ton évaporé, je vous aurais emmené dans mon royaume, où mes sœurs, les ondines chantent en peignant leurs cheveux verts avec un peigne d'or... N'est-ce pas de cette façon que cela finit toujours dans la légende?

— Vous avez les pieds mouillés, reprit Jacques avec impatience, et vous ferez bien de marcher.

Elle se leva d'un air boudeur, et ils gagnèrent la route. Au bout de cent pas, ils virent une petite femme s'avancer rapidement vers eux... — Dieu me pardonne! fit Antoinette, je crois que voici Céline.

— Est-ce toi, ma petite fille? s'écria celle-ci dès qu'elle fut à portée, je ne te voyais pas revenir et j'avais martel en tête... C'est bien de ton père, de t'avoir laissée seule au milieu de cette cohue! Il sera toujours le même!

Elle prit le bras de la jeune fille après lui avoir jeté un gros châle sur les épaules, puis elle remercia chaleureusement Jacques Duhoux.

A l'entrée du bourg, le garde général prit congé de mademoiselle de Lisle. — Au revoir ! lui dit gaiement celle-ci. — Puis, lui tendant amicalement les fleurs qu'elle avait arrachées dans l'étang et qu'elle avait gardées religieusement : — Prenez mes trèfles d'eau, ajouta-t-elle, vous les avez bien gagnés !

IV

Le printemps avait donné toutes ses fleurs, le mois de juin finissait, et la fenaison venait de commencer. Dans le vallon de Germaine, où se trouvaient les prés de M. de Lisle, les foins coupés dressaient leurs meules odorantes. Le maître, abrité sous un large chapeau de paille, surveillait les faneurs occupés à charger la première charrette. Les ombres, qui tombaient déjà plus grandes du haut des collines boisées, indiquaient que la journée tirait à sa fin, et le paresseux Evonyme, après avoir fait la sieste sur un tas de foin, épiait gravement le long du ruisseau le manége des écrevisses qui venaient de temps en temps se percher sur les *balances* posées par les faucheurs. Derrière une meule, à deux pas d'une fontaine qui descendait du bois, Antoinette, les cheveux tout semés de brins d'herbe, devisait avec Jacques Duhoux, et le sévère forestier ne semblait nullement se déplaire en sa compagnie.

Malgré ses belles résolutions, Jacques avait subi l'influence de l'ondine. Les épis rosés du trèfle d'eau contenaient un charme, et ce charme avait opéré lentement, mais sûrement. M. de Lisle était retourné à l'auberge de Pitoiset, et cette fois ses avances avaient été moins froidement accueillies ; un soir, Évonyme avait décidé Jacques à l'accompagner aux Corderies, et depuis, ce dernier y était allé seul plusieurs fois. Après tout, la vie d'Auberive était si monotone, l'auberge si bruyamment achalandée, que la maison de M. de Lisle, avec sa cuisine enfumée, son grand salon nu et son petit jardin en terrasse, paraissait en comparaison un paradis hospitalier. D'ailleurs on ne pouvait travailler constamment ; après les courses en forêt, il fallait bien se délasser par une heure ou deux de conversation gaie et familière, et aux Corderies seulement on pouvait trouver à causer d'une façon intelligente. Telles étaient les raisons que Jacques

se donnait à lui-même pour légitimer ses fréquentes visites M. de Lisle accueillait très chaleureusement le forestier. — Ce garçon me va,
disait-il à Antoinette, il est modeste, et avec cela
c'est un puits de science. Il y a plaisir et profit
à échanger ses idées avec lui. Ce garçon-là ira
loin !

En attendant, ce garçon allait aux Corderies.
Il y allait même un peu plus que de raison, au dire
des bonnes dames d'Auberive, qui trouvaient M. de
Lisle bien imprudent et Antoinette bien étourdie.
Il y dînait de temps à autre, et accompagnait
souvent M. de Lisle dans ses courses au bois. Ce
jour-là, on était parti dès le matin, on avait déjeuné sur l'herbe, et on comptait ne rentrer
qu'avec les faneurs. Antoinette était dans une de
ses veines de bonne humeur, et son sourire léger
s'envolait en notes perlées sous les arbres. Elle se
leva tout à coup et se mit à escalader le sentier de
chèvre qui côtoyait le lit du ruisseau. Jacques
l'avait suivie dans sa promenade capricieuse, et
ils arrivèrent ainsi à la naissance de la source qui
sortait discrètement de terre sous un voile épais
de cressons et de véroniques. A deux pas, s'étendait une plate-forme ombragée de hêtres sous
lesquels on distinguait encore l'emplacement
d'anciens fourneaux à charbon. Antoinette, essouf-

flée, se laissa tomber sur le seuil de la hutte des charbonniers, et Jacques s'assit près d'elle. La jeune fille se livrait à toute sorte de fantasques espiégleries, tantôt chantant à pleine voix une chanson rustique, tantôt essayant d'imiter les trilles flûtés du loriot, ou enlaçant de longues herbes dans ses cheveux. Jacques la contemplait sans rien dire, souriait parfois gravement dans sa barbe, et semblait savourer lentement une joie profonde. Enfin, lasse de faire des agaceries aux oiseaux et d'effrayer les libellules, Antoinette renversa sa tête contre le mur de la hutte, et, regardant le ciel à travers ses longs cils : — Qu'on est bien ici ! murmura-t-elle, j'ai toujours rêvé de vivre dans une maisonnette comme celle-ci, perdue au fond des bois.

— Une chaumière et un cœur ! s'écria Jacques en riant.

Quand Jacques était sérieux, sa figure avait des lignes rigides et presque dures ; mais, lorsqu'une fois il riait, il devenait un autre homme : ses yeux noirs s'éclairaient, les traits de sa bouche s'adoucissaient, toute sa physionomie s'épanouissait et prenait une enfantine expression de bonté. Antoinette observait curieusement cette subite transfiguration. Elle secoua pensivement la tête, et reprit : — Une chaumière ? oui ; un cœur ?

hum ! cela dépendrait de bien des choses... Je
serais très exigeante.

— Voyons, dit Jacques en l'interrogeant doucement du regard, qu'exigeriez-vous ?

Les sourcils d'Antoinette se rapprochèrent, elle
posa un doigt sur ses lèvres et eût l'air de chercher. — D'abord, répondit-elle, je le voudrais
aimant et dévoué :

— Naturellement. Après ?

— Fier, superbe, n'obéissant à personne...
qu'à moi.

— Vous êtes exclusive.

— Oh ! étrangement. J'exigerais tous les sacrifices, parce qu'à mon tour je serais prête à tout
sacrifier. Les grands emportements d'amour
m'ont toujours ravie, et je me suis promis de
n'aimer qu'un homme capable de faire pour moi
tous les sacrifices... toutes les folies.

Jacques était redevenu grave. — Toutes les
folies, répliqua-t-il, non ! Je n'admets pas qu'on
pousse celui qu'on prétend aimer à une de ces
actions que le monde trop indulgent appelle des
folies. La première chose à laquelle on doit tenir,
c'est à l'honneur et à la dignité de celui qu'on
aime. Le véritable amour vit d'estime.

— Le véritable amour vit de passion ! s'écria
impétueusement Antoinette.

— Je ne discuterai pas ce point-là avec vous ; je ne parle que des choses que je sais, répondit Jacques avec une intention ironique ; tout ce que je puis dire, c'est que mon idéal, à moi...

— Oh ! votre idéal, répliqua-t-elle très excitée, je le connais ; c'est une bonne petite provinciale, bien moutonne et bien soumise, qui irait aux vêpres le dimanche, et passerait le reste de la semaine à repriser des serviettes derrière sa fenêtre aux rideaux modestement tirés !

— Peut-être ! fit-il d'un air pensif.

La figure d'Antoinette prit une expression de dédain et de dépit. — Je la vois d'ici, continua-t-elle, avec sa robe d'alpaga noir, un col uni, des mitaines de filet et des yeux... — Elle s'arrêta et d'un ton provocant : — De quelle couleur sont ses yeux ? demanda-t-elle.

Jacques se leva flegmatiquement, cueillit une véronique dans la source, et, la tendant à Antoinette : — Bleus et doux comme cette fleur, répondit-il.

Elle jeta la fleur par-dessus son épaule. — Bleu faïence, poursuivit-elle avec un éclat de rire, je m'en doutais ! Et comment l'appelle-t-on, votre petite bourgeoise ? Eulalie ou Brigitte ?

Jacques fronça les sourcils. — Je crois, fit-il de son ton raide et hautain, que la plaisanterie a

11

été trop loin. Nous parlons tous deux trop légèrement de choses qu'on doit respecter. Restons-
en là.

Il fit quelques pas autour des hêtres en abat-
tant les chardons à coups de badine. Antoinette,
immobile et silencieuse, contemplait fixement les
fleurettes de la source. Jacques, fâché de s'être
laissé aller à un mouvement d'humeur, revint
vers elle et lui prit la main. — Sans rancune !
dit-il avec embarras.

Elle se mordit les lèvres. — De la rancune, et
pourquoi donc? répondit-elle sans détourner la
tête, J'ai eu tort de plaisanter avec vous, pardon-
nez-le-moi, cela ne m'arrivera plus.

Elle retira sa main, qui était froide comme une
glace, et resta perdue dans sa contemplation. Au
bout de quelques instants, on entendit un houp !
prolongé et les grandes jambes d'Évonyme parurent entre les cépées. — Eh bien ! leur cria-t-il,
on n'attend plus que vous pour partir. A quoi
pensez-vous donc ? — Antoinette courut vers lui,
et s'appuya sur son bras pour descendre. Le
soleil avait disparu ; la charrette, chargée de sa
montagne de foin, roulait déjà sur la route qui
va de Germaine à Auberive. M. de Lisle, avec les
faneurs, s'avançait en tête des chevaux ; Évonyme
suivait, donnant le bras à Antoinette. Jacques de-

meura seul en arrière, un peu boudeur et décon-
tenancé. Voyant que M. de Lisle était tout à son
foin et que les deux jeunes gens ne paraissaient
pas s'occuper de lui, il ralentit le pas insensiblement. Bientôt il y eut une portée de fusil entre
lui et ses compagnons. Il distinguait cependant
les gestes animés d'Antoinette et le gros rire
d'Évonyme. — Elle lui raconte notre querelle,
pensa Jacques, et il lui donne raison, naturellement, en se moquant de moi... En voilà un qui
fait toutes ses volontés, qui dit oui à tous ses caprices ! Il l'aime, parbleu ! et c'est sur lui qu'elle
a dû d'abord essayer la puissance de son ensorce-
lante beauté. Qui sait si elle ne songeait pas à
Évonyme en parlant d'un cœur prêt à toutes ses
folies ? Et je n'ai pas compris, idiot que je suis !
J'ai eu la sottise de m'enflammer, de prêcher
comme si j'avais été en cause moi-même ! Elle a
dû me trouver souverainement ridicule.

Plus Jacques roulait dans sa tête cette nouvelle
idée, plus elle lui semblait probable. Il se rappelait l'étrange visite d'Antoinette au Val-Clavin, les
attentions et l'embarras d'Évonyme, la façon
dont son ami lui avait fait l'éloge de la jeune
fille. Peu à peu, et à l'aide d'une sorte d'hallucina-
tion, cette pensée, qui n'avait d'abord été qu'une
simple hypothèse, revêtit toutes les apparences

de la certitude. — Antoinette avait du goût pour
Évonyme, et la chose n'avait rien de surprenant :
ils avaient été élevés ensemble, leurs familles se
connaissaient ; Évonyme était riche, indépendant
Réflexion faite, tout était pour le mieux, et il devait, lui, s'estimer heureux d'avoir échappé à un
amour qui aurait nui à son travail, chagriné sa
famille et bouleversé son avenir. — Pourtant,
malgré toutes ces solides raisons, Jacques avait
le cœur serré ; il était mécontent de lui et des
autres, et, se trouvant trop maussade, il quitta
brusquement la grand'route, prit un sentier à
travers bois et rentra seul dans sa chambre d'auberge.

Pendant plusieurs jours, il évita d'aller aux
Corderies ; enfin une certaine après-midi, se sentant apaisé et plus maître de lui, il osa sonner à
la petite porte de la maison. Antoinette était assise au piano, dans le salon dont les volets, her-
métiquement clos à cause du soleil, ne laissaient
passer qu'un léger filet de lumière dorée. Sur
le guéridon, un gros bouquet de résédas, de
roses-thé et de jasmins répandait une odeur exquise. A l'arrivée de Jacques, Antoinette quitta
son piano. Elle était plus séduisante que jamais
dans cette demi-obscurité, où on voyait ses
grands yeux luire comme deux émeraudes. Ses

cheveux, séparés en deux longues tresses, flottaient librement sur ses épaules, et dans les plis
de son corsage s'épanouissait un œillet rouge.

— J'ai été absurde l'autre soir, dit Jacques
brusquement, et je viens vous prier d'accepter
mes excuses.

Sans parler, elle lui serra vivement la main,
puis au bout de quelques instants : — Merci, répondit-elle, vous avez bien fait de venir... J'aurais
été désolée si nous nous étions quittés fâchés.

— Quittés ? murmura Jacques, est-ce que vous
allez partir ?

— Sans doute... Voici la saison où mes grands-
parents me réclament... Si je refusais leur invitation, je me brouillerais avec eux, et mon père ne
l'entend pas ainsi... Il compte sur mon grand-
père pour me trouver, comme il dit, un établis-
sement avantageux.

Elle avait prononcé ces derniers mots avec une
emphase moqueuse. — Pourquoi, dit Jacques.
laisseriez-vous à d'autres le soin de disposer de
vous ? Je vous croyais assez indépendante pour
prendre seule une détermination, et faire vous-
même un choix.

— Oh ! moi, reprit-elle, quand on me mettra
au pied du mur, je saurai bien parler ; mais j'ai
le temps, ajouta-t-elle en riant, et jusqu'à ce jour

les soupirants n'ont pas trop assiégé la porte des
Corderies.

— Il me semble cependant, dit Jacques, que
j'en connais au moins un.

Elle le regarda d'un air moitié sérieux et moitié
incrédule. — C'est une plaisanterie, n'est-ce pas ?
murmura-t-elle ; mais continuez, elle m'amuse.
— Elle s'était accoudée sur le guéridon, et jouait
machinalement avec le vase plein de fleurs.

— Je ne plaisante pas, répliqua Jacques, j'en
connais un.

La main d'Antoinette quitta le vase brusquement, ses yeux trahirent une subite émotion. —
Vraiment, balbutia-t-elle, il y en a un ?

Jacques fit un signe affirmatif.

— Qui donc ? demanda-t-elle d'une voix crain-
tive, et, tout en faisant cette demande, elle cacha
sa figure dans les fleurs et les respira longuement.

— Mais, répondit Jacques, c'est mon ami Évonyme.

Elle se leva tout d'une pièce, repoussa du pied
son fauteuil, et, regardant Jacques d'un air sombre : « Évonyme ! s'écria-t-elle, est-ce qu'il vous
a prié de parler pour lui ?

— Non, murmura Jacques, frappé de l'expression presque tragique de la physionomie de la

jeune fille ; j'avais supposé, j'avais cru remarquer...

— Qu'il m'aimait ? Et vous vous êtes chargé de plaider sa cause ? Grand merci ! — Elle était devenue très pâle, et ses mains entre-croisées se tordaient convulsivement.

— Pardon ! hasarda Jacques, j'ai été sottement indiscret, mais soyez persuadée qu'Évonyme...

Elle ne le laissa pas achever. — Évonyme ! s'écria-t-elle avec violence, je le déteste !... Vous pouvez le lui dire, comme je le lui dirais, s'il s'était donné la peine de venir en personne !

— Encore une fois, protesta Jacques, je vous jure qu'il ne m'a pas chargé de parler en son nom.

— Alors, s'écria-t-elle avec un sanglot dans la voix, pourquoi m'entretenez-vous de lui ? Est-ce une gageure ou une moquerie ?

Ses yeux étaient pleins de larmes. Elle tourna le dos à Jacques et alla poser son front contre la vitre. Il y eut un moment de silence. Le jeune homme fit quelques pas vers elle et voulut de nouveau tenter de réparer ce malentendu. — Mademoiselle !... Antoinette ! s'écria-t-il.

— Laissez-moi ! murmura-t-elle sans retourner la tête, je veux être seule. — Et comme il insistait : — Non, ajouta-t-elle en frappant du pied avec colère, allez-vous-en !

Il eut encore un moment d'hésitation, puis saisit brusquement son chapeau et sortit. Antoinette était restée immobile à la même place. Les heures se passèrent, le soir vint, et le salon s'emplit d'une ombre épaisse. Lorsque Céline y entra pour ouvrir les volets, elle crut qu'Antoinette était partie, tant le silence était grand. Tout à coup un sanglot vibra dans l'obscurité. — Antoinette ! s'écria Céline effrayée et poussant vivement les volets, qu'as-tu, ma petite fille ?... A la lueur vague du crépuscule, elle aperçut la jeune fille pelotonnée sur les coussins de la bergère et tout en larmes. — Laisse-moi ! dit Antoinette avec le geste farouche d'un animal blessé, et sans ajouter un mot elle s'enfuit dans sa chambre.

V

Jacques passa la nuit assis dans l'embrasure de sa fenêtre ouverte. Il regardait machinalement le ciel plein d'étoiles et les masses sombres du parc de l'ancienne abbaye, tandis que les grillons chantaient et qu'au loin un chariot attardé roulait lourdement sur la grand'route ; puis il fermait les yeux

la scène du salon des Corderies revivait nettement devant lui. Il lui semblait respirer le voluptueux parfum des jasmins mêlés aux roses-thé,
entendre vibrer la voix métallique d'Antoinette et
voir ses yeux verts étinceler dans l'ombre. Il se
répétait les paroles qu'elle avait prononcées, cherchait les réponses qu'il aurait dû faire, se reprochait de ne les avoir pas trouvées à temps. Cette
quasi-hallucination dura presque toute la nuit. Il
dormait une heure, et le jour était à peine levé
que Jacques courait à la ferme du Val-Clavin.

Il trouva Évonyme debout et bouclant ses
guêtres dans sa chambre à coucher, — une vraie
chambre de philosophe nomade et peu soucieux
du confortable. Une vieille malle gisait dans un
coin ; le long des murs blanchis à la chaux, un
béret, un chapelet des Pyrénées et un sac de tou-
riste étaient accrochés entre deux photographies
de famille ? en face, une étagère de bois blanc
contenait toute la bibliothèque : — Montaigne,
Pascal, La Fontaine, la Bible et l'*Imitation*. Pour
tout mobilier, deux chaises et un lit de fer ; en
revanche, une fenêtre ouverte sur un paysage
plein de fraîcheur, sur une perspective de prairies,
d'étangs et de bois.

— Bonjour ! lui cria Évonyme, viens à Santenoge avec moi, je te montrerai un joli cimetière...

— Deux mots seulement ! dit Jacques : il s'agit
de choses sérieuses. Écoute-moi avec attention et
réponds-moi franchement... Est-tu amoureux de
mademoiselle de Lisle ?

— Hein ? s'écria Évonyme en écarquillant ses
yeux d'enfant, amoureux ? Tu me poses là une
singulière question. Amoureux ? Mon Dieu, j'aurais
pu l'être tout comme un autre, car Antoinette est
une charmante fille, bien qu'un peu fantasque...
Tiens, le soir même de ton arrivée à Auberive, je
crois qu'une brise amoureuse gonflait mes voiles
du côté des Corderies, et il n'aurait peut-être fallu
qu'un souffle de plus pour... ; mais la réflexion est
venue, et puis le doute, et toute la bande des
amours s'est enfuie du colombier.

— En un mot, dit Jacques, dont la voix frémis-
sait d'impatience, tu n'as jamais songé à épouser
mademoiselle Antoinette ?

— Épouser ? Comme tu y vas ! Je pense certainement au mariage de temps à autre... Moi, vois-
tu ! je me fais l'effet d'une horloge où chaque
heure représenterait un rêve différent : sur le
cadran il y a une heure consacrée aux rêves
d'hyménée, et chaque jour l'aiguille s'y arrête ou
du moins y passe... Mais qu'est-ce qu'une heure
sur douze, quand les onze autres sont hantées par

des fantômes bizarres n'ayant rien de commun
avec l'amour ?

— Tu es bien sûr de ne pas aimer Antoinette,
s'écria vivement Jacques, et tu ne veux pas l'é-
pouser ?

— Tu m'assassines avec tes questions ! répondit
Évonyme ; apprends donc une fois à me connaître,
et sache que je ne puis dire ni oui ni non...
D'ailleurs, je ne suis pas un homme mariable

Jacques n'en demandait pas davantage ; il remercia Évonyme et s'enfuit dans la forêt. Là, il
fut pris de l'angoisse qui précède les décisions
solennelles, et d'un rapide coup d'œil rétrospectif
il repassa toute sa vie. Il se rappela son enfance
studieuse, le train régulier de la maison paternelle, les tables noires du collége ; puis il pensa
aux années de l'école forestière, à ses rêves ambi-
tieux et à ses projets d'avenir... Et tout à coup,
au milieu de cet ensemble d'images grises et aus-
tères, il vit se dresser l'originale figure d'Antoinette. Justement sa course l'avait entraîné vers
la combe de la Thuilière. Il s'approcha de l'étang,
il retrouva la passerelle à demi brisée, et naïvement il chercha dans les joncs du talus la place
où s'étaient posés les pieds d'Antoinette, comme
si l'herbe eût dû en conserver religieusement la
mignonne empreinte.

— Ohé ! mon général, cria une voix de basse-
taille, cherchez-vous le trèfle à quatre feuilles au
bord de l'étang ?

Il se retourna, et vit M. de Lisle. — J'ai fui les
Corderies, continua ce dernier, il n'y avait plus
moyen d'y tenir. Antoinette, qui ne devait aller à
Paris qu'en septembre, a tout à coup changé
d'avis ; elle part demain. La maison est pleine de
paquets et de cartons, et on ne sait où poser les
pieds... Venez-vous avec moi chez le brigadier
Sauvageot ?

Jacques prétexta une affaire, et le quitta brusquement. Sa résolution était prise. Il se mit à marcher à grands pas sur la route d'Auberive, et, un
quart d'heure après, il entrait aux Corderies. La
porte était entre-bâillée ; il se glissa dans la cour
sans sonner. Personne à la cuisine ! Il entendit du
bruit dans le salon, et s'arrêta un moment sur le
palier pour reprendre sa respiration. Les fenêtres
étaient ouvertes, les meubles étaient couverts de
robes et de paquets. Antoinette, tournant le dos à
la porte, était occupée à ranger du linge au fond
de sa caisse. Au grincement de la porte sur les
gonds, elle se retourna, vit Jacques, et se leva en
poussant un cri. Elle était très pâle, ses yeux
étaient cernés et semblaient encore agrandis. Un
rayon de soleil baignait ses cheveux un peu en

désordre et mettait une auréole blonde autour de
sa tête. — Voyez, dit-elle avec un sourire contraint,
tout est sens dessus dessous, et je n'ai pas même
une chaise à vous offrir.

Jacques fit un signe pour indiquer que c'était
inutile ; sa gorge était horriblement serrée, et il
se demandait s'il aurait la force de parler. —
Vous partez demain? commença-t-il enfin.

— Oui, demain au petit jour, par le courrier.
Le train passe à Langres à huit heures, et j'ar-
riverai pour dîner à Paris. J'espère que j'aurai
beau temps. Écoutez comme on entend les cloches
de Germaine ; c'est bon signe, n'est-ce pas ?

Elle disait tout cela d'un ton rapide, machinalement et comme pour s'étourdir ; Jacques restait muet, et dans ce profond silence on entendait très distinctement la limpide sonnerie des
cloches. Tout à coup Jacques fit deux ou trois
pas vers la jeune fille, et d'une voix sourde : —
Antoinette, dit-il, je vous aime... Voulez-vous
être ma femme ?

Elle devint très rouge, puis pâlit de nouveau ;
les vertes pupilles de ses yeux se dilatèrent, elle
essaya de parler et resta sans voix. Jacques fit
encore quelques pas, puis, saisissant les mains
d'Antoinette et les pressant nerveusement dans

les siennes : — Voulez-vous de moi ? répéta-t-il
tendrement.

Elle avait fermé les yeux, et ses deux petites
mains répondaient à l'étreinte du forestier. Enfin
ses lèvres se desserrèrent, ses paupières se rouvri-
rent à demi, un clair sourire passa dans ses regards. — Vrai, bien vrai, vous m'aimez? soupira-
t-elle.

— Je vous aime.

— Plus que vos livres ?

— Je ne les lis plus depuis que je pense à
vous.

— Plus que la jeune fille aux yeux bleu faïence?
continua-t-elle, et un sourire plein d'une ado-
rable câlinerie releva le coin de ses lèvres.

Il reprit gravement — Ce n'était qu'une ombre,
et vous l'avez fait envoler

Elle poussa un profond soupir de satisfaction.
— Et depuis quand vous est venue cette belle
idée d'aimer une fille aussi mal élevée que moi?

— Depuis la nuit du bal de la Thuilière.

Elle baissa les yeux et rougit. — Votre amour,
dit elle, est en retard sur le mien C'est humiliant,
et je ne devrais pas l'avouer, mais je vous ai
aimé dès le premier jour où je vous ai vu, appuyé
contre le manteau de la cheminée du Val-Clavin,
renfrogné et hérissé comme un ours mélanco-

lique. Votre sombre regard noir m'est allé au
cœur, et tout de suite je me suis dit : Voilà le
seul maître que j'aurai !

— Chère Ondine ! murmura-t-il en l'attirant
doucement à lui. — Elle redevint pâle, ferma les
yeux et appuya un moment sa tête sur l'épaule
de Jacques, qui cette fois ne résista pas à la tentation et déposa un rapide baiser de fiançailles
sur les yeux verts.

— Sainte Vierge ! s'écria Céline, qui apparut
sur le seuil, et qui dans sa stupéfaction laissa
choir toute une pile de linge ; qu'est-ce qu'il y a,
ma petite fille ?

— Il y a, répondit Antoinette, que je ne partirai pas. Tu peux défaire tes paquets ! — Elle
sauta au cou de sa bonne, et la serrant à l'étouf-
fer : — Ah ! Céline, murmura-t-elle, embrasse-
moi, je suis heureuse !

Jacques les quitta pour courir au-devant de
M. de Lisle, auquel il voulait, le jour même,
adresser une demande en forme. Il l'aperçut enfin
sur la route de la Thuilière, escorté de Tant-
Belle et sifflant un air de chasse. Sans préam-
bule, il le mit au courant de son amour et de ce
qui venait de se passer aux Corderies. M. de
Lisle l'écouta gravement, avec un air de satisfaction mal dissimulé. Quand Jacques eut fini, le

père d'Antoinette s'écria : — Oh! la petite masque, voyez-vous cela! — puis s'arrêtant et prenant un air solennel : — En un mot comme en cent, dit-il à Jacques, vous m'allez ; touchez là, vous êtes mon gendre. Seulement je dois vous prévenir que tout mon bien est en terres, et que je ne donnerai pas un sou à Antoinette. Les temps sont durs, et c'est à peine si je joins les deux bouts.

Le forestier haussa les épaules, et voulut protester de son indifférence pour la question d'argent; M. de Lisle lui coupa la parole : — Minute! reprit-il, je n'ai pas fini. Votre désintéressement me fait plaisir, mais après tout, on ne se nourrit pas de beaux sentiments. Quelle est votre position de fortune? — Jacques répondit qu'il ne possédait que son traitement, et M. de Lisle fit la grimace ; toutefois le jeune homme ajouta que sa famille était à l'aise, et que son père ne refuserait certainement pas de lui servir une pension de mille écus environ, dès que le projet de mariage lui serait soumis, et qu'il y aurait donné son assentiment. La figure du père d'Antoinette se rasséréna. — A la bonne heure, dit-il, c'est par là qu'il faut commencer. Je suis, moi, pour le respect de l'autorité paternelle. Allez trouver votre famille, obtenez son consentement, arrangez la question d'argent et ne revenez que lorsque tout sera terminé... Pour ce qui est de moi, je vous le répete, vous êtes mon homme ! »

Il fut convenu que Jacques demanderait un congé et partirait dans une quinzaine de jours pour L..., où habitait sa famille. Ces deux dernières semaines se passèrent doucement en causeries et en promenades. Pour les deux jeunes gens, ce fut ce qu'on peut appeler la lune de miel de l'amour ; la courte et délicieuse saison où le désir vivace et contenu est comme la rose dans le bouton : vermeille déjà, mais vierge encore. Dans cette prime-aube de l'amour, il y a quelque chose de l'enchantement qu'on éprouve à l'aurore d'un jour de fête : tout y est sourire, plaisirs voilés, promesses lumineuses. La matinale rosée de l'espérance donne à tous les objets une nuance délicate et fraîche, qui ne dure qu'un moment et ne revient plus.

Le congé obtenu et le jour du départ arrivé, Antoinette et M. de Lisle conduisirent Jacques à la voiture qui faisait le service d'Auberive à Langres. Évonyme devait accompagner son ami jusqu'à la station, et prendre lui-même le train de Paris, où l'appelait un règlement d'affaires. Tandis qu'il s'installait dans la patache, Jacques contemplait Antoinette, qui était devenue subite-

12

ment silencieuse. — A quoi pensez-vous? lui dit-
il en lui serrant la main.

— Je pense à votre famille, soupira Antoinette,
elle me fait peur. Comment tous ces gens si sévères voudront-ils s'accommoder d'une bru aussi
frivole que moi? Quand vous serez là-bas, promettez-moi de résister à tous les sermons et à
toutes les remontrances. Et puis, — Antoinette
s'arrêta un moment et fronça imperceptiblement
les sourcils, — jurez-moi de ne point revoir la
jeune fille aux yeux bleu faïence.

— Je le jure! s'écria-t-il en riant; mais, si quelqu'un a le droit de s'inquiéter, c'est plutôt moi.
L'absence m'effraie, et, je ne vous l'ai pas encore
laissé voir, je suis horriblement jaloux.

— Jaloux? répliqua-t-elle en faisant la moue,
vous ne devez pas l'être avec moi. Ne vous ai-je
pas aimé la première ?

Le conducteur était déjà sur le siège, on se
donna une dernière poignée de main, et Jacques
s'élança dans la voiture. — Au revoir ! cria Évonyme à M. de Lisle, je serai de retour dans une
huitaine.

Le courrier partit. Quand on atteignit la station,
le train qui devait emmener Jacques Duhoux à L...
était déjà signalé. Au moment de se séparer de son
ami, le forestier, qui était resté muet pendant

tout le trajet, le prit à part, et, lui serrant fortement la main, lui recommanda d'aller souvent
aux Corderies, et de tenir au courant de tout ce
qui arriverait.

— Je resterai là-bas environ un mois, ajouta-
t-il. Antoinette est un peu volontaire et excentri-
que, et je ne voudrais pas qu'en mon absence elle
fît quelque étourderie dans le genre de sa visite
au Val-Clavin, ou qu'elle retournât à quelque bal
comme celui de la Thuilière. Toi qui es son camarade et mon ami, tâche d'obtenir qu'elle demeure
à la maison et promets-moi de veiller sur elle.

— Mon cher, répondit Èvonyme, tu me donnes
là un rôle de mentor auquel la nature ne m'a
guère disposé. Je manque d'autorité, et Antoinette a l'humeur contredisante ; si je me mets en
travers de ses fantaisies, elle ne se gênera pas
pour m'envoyer promener ; mais enfin tu te maries,
et par cela seul tu as droit à mes égards. Compte
sur moi autant qu'on peut compter sur quelqu'un,
quand il s'agit de l'éternel féminin...

La femme est toujours femme ; il en est qui sont belles.
　　　　Il en est qui ne le sont pas.
　　　　S'il en était d'assez fidèles,
　　　　Elles auraient assez d'appas...

Sur cette citation peu consolante, Èvonyme
embrassa cordialement son ami, referma la por-

tière du wagon où Jacques s'était installé, et
alluma un cigare, tout en regardant le train
s'éloigner au milieu d'un nuage de vapeur.

VI

Pendant les deux premiers jours qui suivirent
le départ de Jacques Duhoux, Antoinette fut taciturne et mélancolique. Elle ne sortit guère de sa
chambre, et passa des heures à contempler la
route sinueuse et bordée de bois par où Jacques
s'en était allé. Sa pensée était pleine de lui,
l'image du forestier était sans cesse devant ses
yeux. Le troisième jour, le facteur apporta une
lettre à l'adresse d'Antoinette. Jacques l'avait
écrite aussitôt après son arrivée à L...: elle ne
contenait encore aucun détail sur l'objet de son
voyage; mais elle était imprégnée des souvenirs
emportés des Corderies, elle fleurait l'amour.
Jacques s'y montrait tout entier avec sa passion
concentrée, son esprit à la fois âpre, sévère et
enthousiaste. Il y avait dans sa façon de penser et
d'écrire, comme un ressouvenir des grands bois
où s'était écoulée sa jeunesse, je ne sais quoi de

rêveur et d'attendri avec une pointe de verdeur
sauvage. Antoinette lut et relut ces pages cou-
vertes d'une virile écriture, pleine, ferme et nette,
puis elle s'enferma dans sa chambre pour y
répondre longuement, et porta elle-même sa
lettre au bureau de poste.

Ainsi se passa le troisième jour. Le lendemain,
la jeune fille s'éveilla avec un désir d'agitation et
de mouvement. Elle avait songé toute la nuit à
cette famille de Jacques où elle allait entrer, à ce
monde austère et sérieux, dont les habitudes res-
semblaient si peu aux siennes. Elle signifia à
Céline stupéfaite qu'elle voulait s'occuper de cuisine et de ménage, et, nouant un tablier autour
de sa taille, elle se mit résolûment à l'œuvre.
Quand elle se fut bleui les doigts en reprisant une
serviette, et qu'elle eut laissé brûler l'épaule de
mouton destinée au dîner de M. de Lisle, elle
s'impatienta, lança son tablier au milieu de la
cuisine, et alla s'asseoir, toute dépitée, sous les
noisetiers du jardin. Elle n'attendait pas de lettre
avant la fin de la semaine, et les heures commençaient à lui sembler longues. M. de Lisle ne rentrait qu'à la nuit pour souper et dormir ; d'ailleurs
il n'entendait rien aux agitations de sa fille, qu'il
traitait d'enfantillages, et Antoinette ne se sentait
pas encouragée à le prendre pour confident.

Restait Céline, à laquelle la jeune fille pouvait
ouvrir son cœur. Céline était un auditeur excel-
lent, attentif, patient et prompt à l'admiration,
mais un auditeur passif et muet. Antoinette,
condamnée à un monologue perpétuel, aurait
voulu que de temps à autre on lui donnât la
réplique ; aussi poussa-t-elle un soupir de soulagement quand, un matin où elle était plus que
jamais plongée dans un morne ennui, elle aperçut
entre les dahlias du parterre la barbe blonde et
les yeux souriants d'Évonyme.

L'ami de Jacques fut le bienvenu. Extrême en
tout, Antoinette lui fit un accueil auquel il n'était
pas habitué, et qui le remplit d'une fatuité naïve.
Elle fut prévenante, et inventa mille prétextes
pour l'attirer le plus souvent possible aux Corderies et lui parler de Jacques tout à son aise. Elle
avait, quand elle voulait s'en donner la peine, une
grâce irrésistible. Evonyme se laissa faire. Au
fond, il était flatté de toutes ces démonstrations,
qu'il prenait bonnement au pied de la lettre. On
a beau être sceptique, on se fait toujours un peu
illusion à soi-même ; Évonyme oublia pour le coup
les vers de son poète favori sur un certain grison
chargé de reliques :

> Ce n'est pas vous, c est l'idole
> qui cet honneur se rend.

Il ne vit pas que ce charmant accueil s'adressait surtout au confident de Jacques Duhoux, et
il en prit pour lui-même la meilleure part. Du
reste, Antoinette procédait avec adresse; elle
entrecoupait avec art les causeries relatives à son
amoureux d'entretiens où Évonyme trouvait son
intérêt personnel. Elle flattait son amour-propre
et se faisait lire de longs extraits du fameux
journal. Evonyme prit goût à la chose, et devint
l'hôte assidu des Corderies. Il y arrivait dès le
matin, et trouvait la jeune fille appuyée à la grille,
en robe de toile, la tête couverte d'un capulet
rouge, déjeunant d'un morceau de pain et d'une
grappe de raisin. Alors elle ouvrait lentement la
petite porte, et ils s'en allaient flâner dans le
jardin, dont les plates-bandes étaient encore
humides de rosée.

Leurs promenades ne se bornaient pas toujours
aux allées tournantes du jardin; parfois ils poussaient une pointe jusque dans les bois, au-devant
de M. de Lisle. Les gens d'Auberive, habi-
tués aux caprices et aux façons excentriques
d'Antoinette, ne s'en étonnaient pas trop, et
d'ailleurs Antoinette se souciait de leur opinion
comme d'un fétu. Un matin de la fin d'août, le
ciel était si doucement voilé et la feuillée si
fraîche qu'ils se laissèrent insensiblement ga-

gner par le charme des bois et s'enfoncèrent
assez avant dans la forêt. Antoinette avait reçu
la veille des nouvelles de Jacques. La lettre de
son fiancé, plus courte et moins expansive que
les précédentes, lui avait paru écrite sous l'empire
de quelque préoccupation extraordinaire, et elle
avait passé une partie de la nuit à ruminer les
phrases de cette épître trop laconique. Aussi elle
avait peu dormi, elle avait mal aux nerfs, et,
comme le disait Céline, elle était dans ses jours
d'orage. Tout en cheminant, elle amena la conversation sur la famille Duhoux, et peu à peu,
avec de timides précautions, elle en vint à demander à Évonyme des détails sur la personne qu'on
avait jadis voulu fiancer au garde général. Là-
dessus, Ormancey savait fort peu de choses : la
jeune fille en question était liée avec les sœurs
de Jacques, on la disait très modeste et très
douce, et de tout temps ce mariage avait été un
rêve choyé par les parents... Antoinette fronça
le sourcil, et sa figure se rembrunit. Elle était
devenue silencieuse, et Ormancey, l'observant à
la dérobée, fut effrayé de l'expression tragique
que ses traits avaient prise. Il essaya de changer
la conversation, et, comme la promenade sous
bois l'avait mis en veine de lyrisme, lâchant la
bride à son éloquence imagée, il célébra les

délices de la solitude et de la vie forestière ; mais
Antoinette était rétive à ses métaphores, le
démon de la contradiction la possédait.

— La solitude m'ennuie, dit-elle d'un ton boudeur, en s'asseyant brusquement sur un tronc
d'arbre ; quand on a vécu six mois à Auberive,
on rêve de distractions moins pastorales. — Elle
resta un moment pensive et le regard perdu dans
le vide, puis, secouant la tête d'un air décidé,
elle reprit :

— Je me sens devenir mondaine, et j'ai envie
de mordre à tous les fruits défendus. Je voudrais
danser, m'étourdir, et vous devriez décider mon
père à me conduire à la fête d'Arc ; on y donne
cette année un grand bal, où viendront les officiers de la garnison.

Au seul mot d'officiers, Évonyme avait écar-
quillé les yeux. Il pensa que le moment était venu
de jouer son rôle de mentor. — Hum ! commença-
t-il gravement, croyez-vous que Jacques serait
enchanté de savoir que vous êtes allée à ce bal ?

Antoinette fit une légère moue. — Jacques n'est
pas ici, répondit-elle d'un air mutin, et on ne le
lui dira pas !

— Oui, mais je suis là, moi, et c'est tout comme.
Je crois que j'excéderais mes pouvoirs en permet
tant...

— Plaît-il ? interrompit brusquement Antoinette ; vos pouvoirs ! Qu'est-ce que cela veut dire ?

Alors Évonyme, qui ne savait rien garder,
expliqua sans la moindre précaution les défian-
ces et les peurs de Jacques au sujet du caractère
fantasque et indépendant de sa fiancée ; il les
exagéra même, et s'étendit avec complaisance
sur la mission délicate qu'il avait reçue. A mesure
qu'il parlait, la physionomie de la jeune fille
changeait d'expression. D'abord ses sourcils se
rapprochèrent, elle toisa Évonyme de la tête aux
pieds, puis un sourire ironique retroussa les coins
de sa bouche. — Ah ! ah ! vraiment ? disait-elle
avec un accent 'de dépit, pendant qu'Ormancey
commençait son cours de morale. — Elle était
vivement froissée du peu de confiance de Jacques
et de cette plaisante idée de la faire chapitrer et
chaperonner par Évonyme. Celui-ci, sans se douter de l'orage qui grondait, poursuivait innocem-
ment sa mercuriale. Antoinette le regardait de
côté, et de confuses idées de rébellion et de vengeance s'agitaient dans sa tête. Tout à coup une
flamme malicieuse illumina ses yeux. Il lui était
venu une tentation diabolique de mystifier
Évonyme en l'empêtrant dans les plis de sa robe
de moraliste et en le faisant rouler tout le premier dans ce précipice dont il était chargé de la

détourner. Elle se leva, et, posant sa petite main
sur l'épaule du sermonneur : — Assez ! dit-elle
vous avez raison. Je renonce à ma fantaisie ; mais
il est temps de rentrer. Donnez-moi votre bras, je
suis un peu lasse.

Elle s'appuya nonchalamment sur le bras
d'Évonyme, enchanté du succès de son homélie,
et ils s'en revinrent à petits pas. Chemin faisant,
elle s'amusa à remettre son compagnon sur cette
pente de rêverie enthousiaste où elle l'avait tout
à l'heure si cavalièrement arrêté. L'esprit
d'Évonyme était un vase d'où le lyrisme ne
demandait qu'à déborder. Une promenade dans
les bois lui causait une griserie intellectuelle qui
se traduisait par un flot sans cesse jaillissant
d'effusions, d'images et de comparaisons. Il s'é-
chauffait et devenait successivement joyeux et
mélancolique, naïf et prétentieux ; tantôt riant
aux éclats de ses propres bons mots, tantôt
s'attendrissant jusqu'aux larmes, et tout cela
d'une façon décousue, inégale et bizarre. Antoinette, avec une machiavélique espièglerie, l'exci-
tait, l'applaudissait, puis, quand il était bien en
train, l'interrompait pour fredonner un bout de
romance ou pour cueillir une fleur. Elle revenait
ensuite à lui, reprenait son bras, s'y appuyait un
peu plus fort, le regardait droit dans les yeux. —

Eh bien ! où en étions-nous ? lui demandait-elle de sa voix caressante.

A un détour du chemin, elle aperçut un talus surmonté d'un buisson de mûres sauvages. Elle y grimpa d'un seul bond, fit signe à Évonyme de s'approcher, s'accrocha d'une main à un jeune frêne, et se mit à croquer les baies noires et appétissantes. Ormancey la regardait d'un œil de convoitise. — Calmez-vous ! s'écria-t-elle en riant, vous en aurez votre part. — Elle cueillit une mûre, et la tenant du bout des doigts suspendue au niveau des lèvres d'Évonyme : — A vous ! dit-elle.

Celui-ci tendit la bouche très ingénument et sentit sur ses lèvres le frôlement des mignons doigts effilés. Le manège fut répété plusieurs fois. Pour naïf qu'on soit, on n'en est pas moins homme, et le philosophe Évonyme commençait à s'en apercevoir. Ses yeux étonnés contemplaient cette tête rieuse au milieu des feuillées ; ce joli bras furetant parmi les ronces, puis se relevant pour effleurer sa bouche ; cette taille souple, mollement cambrée par les mouvements que nécessitait un perpétuel va-et-vient. Il savourait tous ces menus détails, et perdait peu à peu la tête. Soudain Antoinette sauta légèrement sur le chemin. — Vraiment, dit-elle, vous vous y habi-

tueriez ! — Puis, le regardant en face, elle poussa
un éclat de rire à la vue de ses lèvres teintes d'une
pourpre bleuâtre. — Quelle singulière figure cela
vous fait ! reprit-elle, vous avez l'air d'un faune
que les nymphes auraient barbouillé de raisin !

Ils se remirent en route ; mais cette fois elle
refusa le bras qu'Évonyme lui offrait avec insistance. Elle marchait en avant, d'un pas léger et
rythmé, sous la lumineuse verdure des hêtres, et
pour la première fois attentif aux détails charmants de sa beauté, Évonyme la suivait en l'ad-
mirant ; ce jour-là, il dîna aux Corderies, laissant
la fermière du Val-Clavin se morfondre en l'attendant. Il quitta Auberive tout rêveur. Il se faisait
au dedans de lui un remue-ménage curieux ; les
intimes profondeurs de son moi étaient troublées
par des sentiments insolites. — Ça, pensait-il, ai-
je la berlue ou suis-je en chair et en esprit le
même Évonyme que l'an passé ? Moi que l'éternel
féminin tourmentait si peu, me voilà tout empêché et songeur pour un tête-à-tête avec Antoinette ! On dirait que cette espiègle fille m'a versé
un philtre, et je crois, de vrai, que j'en deviens
amoureux. Je n'ai pourtant pas rêvé ; son bras
s'appuyait tantôt sur le mien avec un abandon
presque tendre, ses yeux me souriaient et ses
doigts ont effleuré ma bouche. Je ne m'en fais

pas accroire, mais enfin sa voix en me parlant
avait des inflexions caressantes que je ne lui
connaissais pas L'Ecclesiaste a raison de dire de
la femme qu'elle est semblable aux engins des
chasseurs ; son cœur est un piège, ses mains sont
des chaînes. N'importe, c'est une bonne chose que
l'amour, surtout l'amour adolescent avec ses ado-
rables gaucheries, ses soupirs, ses silences et ses
audaces inavouées. Oh ! ces petits doigts tachés
de mûres, il me semble encore les sentir voltiger
sur mes lèvres !...

La vue de la ferme du Val-Clavin, dont les lumières tremblantes scintillaient entre les branches
des derniers arbres de la forêt, interrompit ce
monologue voluptueux, et rappela Évonyme à la
réalité. — Ah ! mon Dieu, s'écria-t-il, et Jacques
que j'oublie, Jacques qui se repose sur mon amitié
comme sur un roc ! Eh bien! quoi ? Je ne trahirai
pas sa confiance. Ami courageux et fidèle, j'en-
fermerai mon amour sous triple serrure, et personne ne le verra. J'aurai toutes les abnégations ;
j'accompagnerai Antoinette et Jacques jusqu'au
seuil du mariage, et je contemplerai leur bonheur, comme Adam, chassé de l'Éden, devait
regarder de loin les jardins en fleur du paradis
Je me dirai avec mélancolie : « Moi aussi, j'aurais pu m'asseoir sous cette verdure et respirer

ces fleurs... » Mais, morbleu ! en dépit de ma
loyale amitié, je ne peux pas arrêter les batte-
ments de mon cœur comme le balancier d'une
pendule ; Jacques ne peut pas m'empêcher d'être
amoureux, et je sens que je le suis !

Évonyme retourna aux Corderies, bien décidé
à se sacrifier loyalement, et bien persuadé que
personne ne s'apercevrait jamais de la métamorphose qui venait de s'opérer en lui. Malheureusement il ne savait pas dissimuler, et dans les
lettres qu'il écrivit à Jacques, il laissa percer involontairement quelque chose des émotions nouvelles qui l'agitaient. Jacques, pendant ce temps,
luttait contre des obstacles qu'il avait prévus,
mais qui n'en étaient pas moins difficiles à sur-
monter. Son amour pour Antoinette avait été
accueilli avec autant d'étonnement que de répugnance par sa famille, dont cette subite passion
bouleversait les projets. Sa mère surtout, qui
avait toutes les préventions provinciales contre
les Parisiennes, envisageait avec terreur ce mariage qu'elle traitait de folie. — Une fille sans
dot, ayant des goûts de luxe et de plaisir, n'entendant rien au ménage, tel était le portrait qu'elle
se faisait d'Antoinette. — Les objections naissaient
en foule, suivies de comparaisons toutes à l'avantage du parti qu'elle avait rêvé pour son fils ; puis

venaient les prières et les larmes, et tout cela
tourmentait Jacques sans l'ébranler. Au milieu
de ces luttes sourdes et pénibles arrivèrent les
épîtres d'Évonyme, pleines d'étranges effusions
et de mystérieuses réticences. Jacques en fut à la
fois surpris et agacé ; d'un autre côté, les lettres
d'Antoinette ne contribuèrent nullement à le ras-
séréner. Soit par étourderie, soit par un malicieux
désir d'aiguillonner la passion de son fiancé et de
hâter son retour, la jeune fille ne laissait passer
aucune occasion d'insister plaisamment sur la
métamorphose d'Évonyme en Céladon, sur ses
assiduités, ses boutades et ses soupirs. Évonyme
était de toutes les promenades, il soignait sa toilette, mettait des gants, fleurissait sa boutonnière
et ne fumait plus sa pipe. Dans une lettre datée
du commencement de septembre, Antoinette écrivait : « Connaissez-vous les bois de la Faye ? Figu-
rez-vous qu'Évonyme et moi, nous nous y sommes
perdus l'autre matin. Notre ami, qui sait peu
s'orienter, n'a jamais pu retrouver le chemin
d'Auberive. Nous nous sommes embrouillés dans
un labyrinthe de sentiers charmants, mais per-
fides, et nous avons été tomber. . Devinez où ?
A Santenoge, où nous avons déjeuné en tête à
tête. Ne froncez pas vos noirs sourcils jaloux !
Je n'en pouvais plus de faim, et c'eût été pitié

de me faire retourner à jeun. Je serais morte
en route ! Le déjeuner a mis Évonyme en verve ;
au retour, j'ai eu toutes les peines du monde
à l'empêcher de me prendre pour une nymphe
des bois et de m'enguirlander de clématites... »

Cette lettre et d'autres, écrites sur le même ton
évaporé, irritèrent Jacques et l'attristèrent, —
non pas qu'il fît à Antoinette l'injure de la soup-
çonner ; il croyait fermement à son amour, mais
cette légèreté le faisait souffrir ; il détestait cette
absence de sérieux, cette indépendance indisci-
plinée et ce complet dédain du qu'en dira-t-on.
Toutes ces étourderies semblaient donner raison
aux préventions de sa mère, et c'était là surtout
ce qui l'exaspérait. Il redoutait le moment où il
présenterait sa fiancée à sa famille. Il ne voulait
rien écrire de ses irritations à Antoinette ; mais
il avait hâte d'arriver à Auberive pour mettre un
terme à ces folies et préparer une transformation
nécessaire dans les habitudes et le caractère de
celle qu'il aimait. Le désir qu'il avait de partir
lui fit brusquer le dénouement. Il manifesta énergiquement sa volonté, arracha plutôt qu'il ne
l'obtint le consentement de son père et le oui résigné de sa mère ; puis, sans prendre le temps de
prévenir Antoinette, il monta dans le premier
train-express allant vers la Champagne.

13

Le jour même où le courrier amenait Jacques
à Auberive, Évonyme était venu passer l'après-
midi aux Corderies. M. de Lisle était à la chasse,
Céline au lavoir, et les deux jeunes gens se trouvaient seuls dans le salon, dont la porte-fenêtre
donnant sur la terrasse était restée entr'ouverte.
Antoinette, assise au piano, jouait et chantait alternativement. Évonyme, étendu languissamment
sur le canapé, fermait les paupières pour mieux
savourer la musique ; de temps en temps seulement, il les rouvrait et lorgnait la taille souple
d'Antoinette, la courbe moelleuse de ses épaules,
sur lesquelles flottaient des rubans de velours
noir, sa tête fine légèrement inclinée, et les boucles folles frisant sur la nuque, puis il poussait un
soupir, refermait les yeux et retombait dans sa
langoureuse rêverie.

Antoinette se mit à jouer lentement le menuet
de *Don Juan.* Évonyme se souleva d'un air enthousiaste. — Recommencez, je vous en prie !
s'écria-t-il, cette musique voluptueuse me cha-
touille délicieusement l'imagination. Je ne puis
l'entendre sans me figurer une salle pleine de
jeunes danseurs : les rideaux sont baissés, le rire
et le babil bourdonnent dans tous les groupes ;
les couples glissent silencieusement en faisant de
longues révérences ; dans un coin, un danseur,

assis derrière sa bien-aimée, lui murmure à l'oreille des mots d'amour qu'elle semble agiter et repousser avec son éventail... Puis je me représente ces couples amoureux, cinquante ans plus tard, couchés sous l'herbe du cimetière ; je les vois se relever aux sons de la musique, et paraître tout à coup à mes yeux comme d'antiques revenants...

Le bruit d'un pas sur le sable du jardin l'interrompit au milieu de sa tirade ; il tourna la tête, et aperçut Jacques debout sur le seuil du salon.

Le premier mouvement d'Antoinette, à la vue de Jacques, avait été de courir à lui, les mains tendues : mais le regard chagrin que lui jeta tout d'abord son fiancé fit sur sa tendresse l'effet d'une douche d'eau glacée et l'arrêta dans son élan Guidé par les sons du piano, Jacques s'était dirigé sans bruit vers le salon : il espérait trouver Antoinette seule et la surprendre ; à l'aspect d'Évonyme étendu familièrement sur les coussins, son désappointement s'était traduit par la brusque altération de ses traits. Néanmoins il redevint promptement maître de lui et s'efforça de sourire ; mais le mal était fait, et des deux côtés la pure et première joie du retour était gâtée. La poignée de main que se donnèrent les deux amoureux fut affectueuse, avec une nuance de réserve.

Evonyme seul manifesta bruyamment et cordialement sa joie en sautant au cou de Jacques avec
l'effusion d'un homme qui a la conscience parfaitement en repos. Il le questionnait sur sa famille,
s'informait de son voyage et de la durée du trajet.
Jacques ne répondait que par des monosyllabes.
— Ne s'en ira-t-il pas ? pensait-il ; ne comprend-il
pas qu'il est de trop ? — Evonyme ne bougeait
pas plus qu'un terme. Il avait cru remarquer que la
conversation languissait, et il croyait de son devoir
de la ranimer et de l'entretenir. Enfin M. de Lisle
rentra et retint les deux amis à dîner. Ce soir-là,
Jacques ne put être seul avec Antoinette.

Heureusement le lendemain il se dédommagea.
Evonyme était resté au Val-Clavin, et le soleil de
septembre luisait gaiement. Antoinette voulut
faire à Jacques les honneurs de la forêt, et ils y
passèrent toute la matinée. La jeune fille se sentait légère et allègre, sa figure s'épanouissait ; la
joie la rendait meilleure et doublait ses séductions.
Jacques lui-même, gagné par la grâce qui éma-
nait de cette nature si richement douée, oubliait
les tourments de l'absence et les désappointements
de l'arrivée. Elle lui reprocha doucement sa
maussaderie de la veille, et il n'eut pas le courage
de troubler par des paroles sévères la joie profonde de ces premières heures. Ils revinrent au

logis plus aimants tous deux, plus attachés l'un à l'autre, et le reste de la journée s'écoula dans une félicité sereine.

Mais Evonyme reparut les jours suivants ; il s'obstinait à partager leurs causeries et leurs promenades. Il ne lui vint pas un moment à l'esprit qu'il était de trop, et qu'il les gênait. Plein de ses idées de sacrifice et bien décidé à s'effacer dès que sa présence deviendrait un obstacle au bonheur de ses amis, il se croyait presque autorisé par ces loyales résolutions à savourer sa part du charme et de la beauté d'Antoinette. Après tout, dérober quelques miettes d'un festin que son ami aurait toute sa vie pour déguster, était-ce un bien gros péché ? En convive respectueux et discret, il saurait ne pas incommoder ses hôtes et se retirerait au dessert. Il voyait dans cette tolérance comme un dédommagement et une récompense de son abnégation : aussi, lorsqu'il se trouvait en tiers avec les deux amoureux, sa résignation affectait des airs penchés et élégiaques du plus haut comique. Parfois, au beau milieu d'une promenade, tandis qu'Antoinette cheminait au bras de son fiancé, Evonyme poussait tout à coup de gros soupirs, et, se tenant ostensiblement à l'écart, jetait sur ses amis un mélancolique regard qui voulait dire : « Allez, soyez heureux,

sans vous soucier de moi... J'ai renoncé à tout! »
Ou bien, au contraire, dans un accès de galanterie,
il accablait Antoinette de petits soins et d'attentions et prenait même devant les étrangers des
mines de *patito* et de cavalier servant dont la
jeune fille s'amusait fort, mais qui amassaient de
sombres nuages sur le front de Jacques. Alors,
s'apercevant de sa maladresse et voulant la réparer, il s'emparait du forestier, lui jurait une
amitié inaltérable et terminait ses protestations
émues par une poignée de main qui pouvait se
traduire ainsi : « Rassure-toi, c'est fini, je suis
résigné! »

Ces attitudes de victime, ces roucoulements
platoniques et ces soupirs étouffés impatientaient
Jacques et l'exaspéraient. — Est-ce qu'Évonyme
ne s'en ira pas bientôt à Paris ? demanda-t-il un
soir à Antoinette.

— J'espère qu'il ne partira pas avant que nous
soyons mariés, répliqua-t-elle ; — puis, voyant
la figure de Jacques s'allonger : — Est-ce que
cela vous contrarie ? s'écria-t-elle en riant ; seriez-vous jaloux d'Évonyme ?

Jacques, sans répondre à cette dernière question, fit remarquer que la persistance d'Ormancey
à se trouver toujours entre eux finissait par être
au moins indiscrète. — D'ailleurs, ajouta-t-il,

cela peut donner lieu à des commentaires désagréables ; Évonyme devrait le comprendre.

— Bah ! fit Antoinette saisie par le démon de
la contradiction, c'est une idée de province, cela.
Mon cher Jacques, que nous importent les com-
mérages d'Auberive ?... Du reste, Évonyme nous
sert de chaperon. Trouveriez-vous plus convenable qu'on nous vît sans cesse dehors en tête à
tête ?

— Vous ne raisonniez pas ainsi, remarqua sévèrement Jacques, lorsque avant mon arrivée
vous vous promeniez seule avec Ormancey.

Antoinette ne supportait pas qu'on la mît en
opposition avec elle-même ; pour toute réponse,
elle haussa légèrement les épaules. Jacques à son
tour se sentait froissé et irrité. — Je vous en
prie, continua-t-il, faites entendre raison à Évonyme. — Et, comme il vit sur la figure de la
jeune fille un nouveau signe d'impatience, il
ajouta avec un accent impératif : — Je désire que
tout cela finisse !

Antoinette tressaillit à ce ton d'autorité ; elle
devint rouge et jeta vers Jacques un regard de
défi. — Faites vos commissions vous-même, dit-
elle d'une voix brève. — Ces mots étaient à peine
sortis de ses lèvres qu'elle regrettait déjà de les
avoir prononcés. Le forestier avait pâli, et ses

yeux avaient pris une profonde expression de
tristesse qui remua le cœur de la jeune fille. Elle
vit ce regard désolé, fut saisie de repentir; et
sautant vivement au cou de Jacques : —Pardon !
s'écria-t-elle, je vous ai fait de la peine, je suis
mauvaise ! — Il lui serra silencieusement les
mains et sourit. — Oui, continua-t-elle d'un air
à la fois suppliant et câlin, je suis mauvaise ;
mais, je vous en prie, ne me parlez jamais durement comme tout à l'heure ! ma méchante nature
emportée, qui se rebelle contre une parole dure,
fléchit au moindre mot tendre. Je vous en prie,
soyez doux et patient avec moi ! Moi, je vous jure
de travailler de mon mieux à être meilleure !

Il le lui promit en baisant longuement ses petites mains. Alors un sourire reparut sur les
lèvres d'Antoinette, et, levant vers Jacques ses
beaux yeux pénitents et caressants : — Promettez-moi aussi, ajouta-t-elle, que, s'il nous arrive
encore de nous quereller, vous ne laisserez jamais passer une nuit sur notre fâcherie.

La paix fut signée ; malheureusement elle ne
dura pas. Evonyme revint, et reprit son agaçant
manége d'amoureux incompris et sacrifié. An
toinette l'accueillit avec plus de réserve, il est
vrai, mais le philosophe Ormancey n'eut pas
l'air de s'en apercevoir, et continua de soupirer.

Les froncements de sourcil et les mines moroses
de Jacques reparurent, seulement cette fois il ne
se plaignit pas ; il devint taciturne, et la jalousie
s'infiltra lentement dans son cœur. Il se rappela
ses premières appréhensions, les assiduités d'E-
vonyme aux Corderies, la soirée de la fenaison
dans le val de Germaine, les réponses d'Ormancey
quand il l'avait questionné sur son amour pour
Antoinette. Tous ces souvenirs l'assombrirent et
le tourmentèrent. La jeune fille s'aperçut de
cette maussade humeur et s'en impatienta.

Envahie de nouveau par une mauvaise inspiration, cédant à cette capricieuse témérité qui la
poussait toujours à côtoyer les précipices, elle
recommença avec Évonyme son jeu d'enfantines
coquetteries. Les nuages s'amassèrent plus épais,
mais Ormancey continuait à ne s'apercevoir de
rien ; il fallut que Céline, plus clairvoyante et
effrayée de la tournure que prenaient les choses,
se décidât à lui ouvrir les yeux. Un jour qu'il arrivait tout joyeux, il fut reçu dans le jardin par
la fidèle bonne, qui ne lui mâcha pas ce qu'elle
avait sur le cœur. — Écoutez, commença-t-elle,
puisque nous voilà entre quatre yeux, il faut que
je vous dise une chose, c'est que, si vous continuez vos roucoulements avec Antoinette, vous
finirez par nous attirer quelque tablature. C'était

l'an dernier qu'il fallait lui faire la cour, quand
elle avait le cœur libre ; aujourd'hui, elle a un
amoureux, adieu paniers, vendanges sont faites...
Il vous faut tirer vos guêtres et partir pour Paris,
le plus tôt sera le mieux ! — Et comme Evonyme,
écarquillant ses yeux candides, allait se récrier:
— Oh ! je sais bien, poursuivit-elle, que vous n'y
entendez point malice ; mais il ne faut pas badiner
avec le feu. Si Antoinette, qui est une enfant,
ne prend pas la chose au sérieux, M. Jacques,
lui, n'est ni aveugle ni endurant, et cela finira
mal. Or, comme Antoinette l'aime, je n'entends
pas qu'on lui fasse du chagrin. C'est pourquoi,
dit Céline en ouvrant la porte toute grande, je
me suis permis de vous dire tout franc ce qui en
est. Un bon averti en vaut deux !

Évonyme se retira la tête basse. — Cette brave
fille a raison, songeait-il, je joue un vilain jeu,
et l'heure du sacrifice a sonné. — Il résolut de
s'éloigner, et, en arrivant à la ferme, il commença
ses préparatifs du voyage ; mais un des petits
travers d'Évonyme était de ne jamais rien faire
simplement. Dans les circonstances les plus graves,
il lui fallait un accompagnement théâtral, une
sorte de mise en scène qui embellît les détails
prosaïques des choses. Il se résignait bien à
dartir, mais il voulait que son départ fût marqué

par un incident poétique qui en sauvât la banalité
Après avoir bien cherché, voici ce qu'il imagina.
L'anniversaire de la naissance d'Antoinette tombait le 20 septembre, et ce jour-là précisément
avait lieu ce bal d'Arc, auquel la jeune fille avait
désiré assister. Il fixa son départ a cette même
date, puis il obtint une invitation pour M. de
Lisle et sa fille, et la fit envoyer sous enveloppe
aux Corderies. Il arrêta ensuite le programme
suivant ; il conduirait ses amis à la fête d'Arc, et,
au milieu du bal, il se lèverait tout enivré de musique, serrerait les mains des deux fiancés, leur
ferait solennellement des souhaits de bonheur, et
s'évanouirait entre deux accords mélodieux.

Le 20 septembre, Antoinette, radieuse, descendit au jardin. Autour d'elle, comme au fond de
son cœur, tout était joyeux : le temps clair, le
vent tiède, le soleil souriant. Jacques l'aimait,
rien ne s'opposait plus à leur mariage, dont la date
était fixée aux premiers jours d'octobre. Jamais
la vie ne lui était apparue sous des couleurs plus
roses et plus charmantes. Après le déjeuner, Évonyme et Jacques entrèrent au salon, et on se mit
à faire un peu de musique. Au même moment,
Céline apporta un pli à l'adresse d'Antoinette, qui
déchira rapidement l'enveloppe : — Une invitation pour le bal d'Arc, s'écria-t-elle en battant

des mains, moi qui ai justement une toilette
toute prête ! Qui m'a fait cette bonne surprise ?...
C'est vous, Jacques, dit-elle en s'élançant vers le
forestier, vous avez deviné mon désir. Merci !

Jacques était devenu soucieux. — Non, répondit-il, l'idée ne vient pas de moi. J'y pensais
d'autant moins que, ce soir, je dois me trouver
avec M. de Lisle chez le notaire qui prépare notre
contrat.

— Ah ! reprit la jeune fille d'un air désappointé
en jetant l'invitation sur le piano, qui donc alors
a eu cette pensée ?

Évonyme faisait des mines mystérieuses et riait
sous cape. — C'est vous, Évonyme, continua-t-elle
avec une nuance de dépit ; à la bonne heure, les
affaires sérieuses ne vous absorbent pas, vous, et
vous daignez descendre au niveau de la frivole
humanité !

Ormancey convint modestement qu'il était
l'auteur de la surprise. — N'y aurait-il pas moyen,
ajouta-t-il, de remettre à demain ce rendez-vous
d'affaire ? Je vais en causer avec M. de Lisle, et s'il
dit oui, je vous emmène tous dans un char-à-bancs
qui nous attend à la porte.

Jacques gardait le silence. Évonyme sortit,
et les deux amoureux restèrent seuls. Antoinette
tambourinait d'un air distrait sur le couvercle du

piano ; Jacques, les sourcils froncés et l'humeur sombre, allait et venait dans le salon. Il releva tout à coup la tête, et s'arrêtant devant la jeune fille : — Antoinette, dit-il d'une voix grave, j'ai une prière à vous adresser : faites-moi le sacrifice de cette partie de plaisir.

— Quant à cela, non ! répondit-elle impétueusement, c'est de l'égoïsme pur ; je conçois que vous soyez fâché de consacrer votre soirée à des affaires ennuyeuses, mais ce n'est pas une raison pour forcer les autres à s'ennuyer loin de vous.

— Il y aura, comme d'habitude, un second bal dans huit jours, et je vous y conduirai moi-même, murmura-t-il en s'efforçant de parler avec douceur, ce ne sera donc qu'un plaisir ajourné ; il me semble d'ailleurs plus convenable que vous preniez ce plaisir avec moi qu'avec Évonyme.

— Et pourquoi donc? demanda-t-elle d'un air provocant. Je vous assure qu'Évonyme est un cavalier très prévenant et très respectueux.

— Je ne doute pas du respect d'Évonyme ; mais, ainsi que je vous l'ai déjà dit, ses prévenances mêmes, dans la situation où nous sommes, sont indiscrètes et compromettantes.

— Compromettantes ! — Antoinette eut un éclat de rire nerveux. — Voilà que vous retombez dans vos rêveries jalouses. Mon cher Jacques, cette jalousie est parfaitement ridicule !

— Ridicule ou non, dit Jacques, sourdement irrité, elle existe, elle me fait souffrir, et je vous supplie de ne pas jouer un pareil jeu. — Antoinette haussa les épaules et continua de battre nerveusement le bois du piano. — Et, reprit le forestier d'une voix altérée, si mes prières n'ont pas le don de vous arracher ce léger sacrifice, j'ajouterai qu'au nom de notre amour, je l'exige !

Elle se retourna brusquement pour lancer à Jacques un regard plein de tempêtes. — Et moi, je n'obéirai jamais à de pareilles exigences !

— Prenez garde ! répondit-il avec une froideur apparente ; je vais croire que votre désir de plaire à Évonyme est plus fort que votre crainte de me mécontenter. Votre obstination a une allure étrange.

— Et vous, s'écria Antoinette, dont les yeux jetaient des éclairs, votre insistance est pleine de soupçons injurieux que je ne veux pas supporter !

Jacques s'était adossé à la cheminée. Ses yeux avaient une expression presque farouche et semblaient plus noirs que jamais. L'une de ses mains cachée sous sa redingote tordait avec fureur l'étoffe de son gilet. Il se sentait envahi par une colère violente unie à une amère tristesse. Il fit

encore un effort pour se contenir et, interrompant
le silence qui régnait dans le salon : — Antoinette,
murmura-t-il, je vous en supplie, ne jouez pas
ainsi avec mon cœur. Ce que je souffre en ce moment est impossible à dire !

Elle considéra un instant les traits contractés
de Jacques et tressaillit. Un mot de plus, un regard
affectueux, une main tendue, et Antoinette, pleine
de remords, se fût jetée dans ses bras ; par malheur, Jacques n'aperçut pas ce premier frisson
d'attendrissement, et, sans lever les yeux, il poursuivit d'une voix saccadée : — Écoutez, ceci est
très sérieux, et je vous prie d'y penser très sérieusement avant de répondre. Si vous persistez à
aller à ce bal, vous me ferez une offense mortelle,
et je sortirai d'ici pour n'y revenir jamais !

Tout fut fini ; le mauvais ange qui soufflait la
violence et la révolte au cœur d'Antoinette l'emporta. Elle redressa la tête d'un air de dépit, et
ses yeux reprirent cette teinte troublée qui annonçait la tempête. — Comme vous voudrez ! dit-elle ;
je ne cède jamais aux menaces.

— Antoinette !... Et Jacques fit quelques pas
vers la porte vitrée.

— Allez, continua-t-elle sans se retourner, si
votre cœur vous dit de partir, partez !

— Adieu donc ! s'écria-t-il avec un accent dou-

loureux, mais ferme et résolu, et il sortit par le
jardin.

Pâle, immobile comme une statue, l'œil fixe,
les mains serrées l'une contre l'autre, elle écoutait le sable crier sous les pas de Jacques, qui s'é-
loignait. Quand elle n'entendit plus rien, elle se
retourna, aperçut la lettre d'invitation posée sur
le piano, la saisit et la froissa avec colère entre
ses doigts,

Au même moment, la porte du salon s'entr'ouvrit, Évonyme entra, la figure épanouie, et s'é-
cria : — C'est entendu, on renverse la marmite
et je vous emmène dans ma voiture... Il s'arrêta
en voyant la figure bouleversée d'Antoinette :
— Eh ! mon Dieu, qu'avez-vous? Où est Jacques?

— Jacques est parti, répondit-elle, et vous pouvez le suivre, car je n'irai pas au bal.

— Comment, balbutia-t-il ébahi, vous y renon-
cez?... Moi qui avais remué ciel et terre pour
vous procurer une invitation !

— Votre invitation! dit Antoinette furieuse,
tenez, voilà ce que j'en fais!

Elle déchira la lettre avec des larmes de rage
et en jeta les morceaux à terre.

Évonyme, effaré, la regardait sans rien comprendre. — Bonté du ciel! murmura-t-il enfin,
qu'y a-t-il?

— Il y a que vos visites me fatiguent, que vos attentions m'obsèdent... Depuis votre arrivée, vous n'avez commis que des maladresses et ne m'avez attiré que des ennuis... J'en suis lasse, horriblement lasse et je vous prie de me laisser en paix !

Le malheureux, roulant des yeux éperdus, s'agitait avec des mines suppliantes ; à la première parole qu'il essaya de proférer, la colère de la jeune fille redoubla. — Laissez-moi, dit-elle, vous m'êtes insupportable, je vous hais, entendez-vous ? Allez-vous en !

Elle frappait du pied avec violence, et ses lèvres pâlies frémissaient. Ormancey effrayé se recula, mais Antoinette n'eut pas l'air de le voir ; elle ouvrit la porte et disparut, laissant le triste Évonyme en contemplation devant les débris de son invitation malencontreuse.

VII

Une fois enfermée dans sa chambre, Antoinette, éclata en sanglots. Il y avait dans l'explosion de sa douleur un mélange singulier de sentiments contraires : rancune et repentir, honte et dépit.

14

La colère y grondait unie aux larmes, comme
dans ces orages violents où la pluie est mêlée à
des éclats de tonnerre. Elle était désolée d'avoir
poussé les choses à cette extrémité, mais au fond
sa nature emportée s'irritait sourdement et s'in-
surgeait encore. Tout ce qui venait de se passer
lui semblait un mauvais rêve. Elle ne pouvait pas
croire que Jacques eut la cruauté de mettre ses
menaces à exécution. — Il m'aime trop, pensait-elle, et reviendra le premier. — Les moindres
bruits la faisaient tressaillir... Elle alla s'accouder à
sa fenêtre. Le soleil se couchait dans une brume
pluvieuse, le vent inclinait brusquement les cimes
échevelées des arbres du jardin. — Il va venir
disait-elle, il est impossible qu'il ne revienne pas !
— Mais la maison restait muette ; la nuit tomba,
les lumières du bourg commencèrent à scintiller
dans la pluie. Vers dix heures, Antoinette entendit M. de Lisle qui rentrait. Il était de fort maussade humeur, et se plaignait très haut de M. Duhoux qui lui avait laissé faire le pied de grue chez
le notaire... Peu à peu les éclats de voix s'apaisèrent, Céline ferma les fenêtres et le silence ré-
gna dans la maison. La jeune fille sentit en elle
un cruel déchirement, le désespoir la prit et ses
larmes jaillirent de nouveau.

Elle passa la nuit sans dormir. Tandis que le

vent se lamentait et semblait pleurer sur son bonheur agonisant, tous les souvenirs de ces derniers
six mois revinrent en foule à son esprit, et ces
images du passé lui firent sentir plus cruellement
encore combien Jacques tenait de place dans sa
vie, quelles racines profondes un pareil amour
avait jetées dans son cœur ! Sa souffrance était
d'autant plus aiguë qu'elle n'avait pas l'habitude de souffrir. Pour la première fois, sa volonté
passionnée se heurtait contre un obstacle terrible
et retombait brisée. Quand le jour parut, elle pensa
que Jacques, afin de rendre la leçon plus forte,
avait peut-être attendu le matin pour revenir.
Elle voulait espérer jusqu'au bout. Il lui répugnait
de subir les récriminations de son père. Elle fit
dire qu'elle était indisposée et désirait dormir ;
puis son attente recommença avec les mêmes al-
ternatives d'angoisse et de désespoir. Enfin, n'y
tenant plus, elle mit de coté un reste d'orgueil,
et écrivit à Jacques. Sa lettre, tracée à la hâte,
contenait tout son cœur tout son amour. Elle
s'humiliait, elle s'accusait et suppliait. « Pardonnez-moi, écrivait-elle, j'ai eu tort et j'en suis
punie... Je souffre ! Vous qui êtes fort, soyez bon,
et revenez vers votre Ondine qui se meurt de
chagrin loin de vous. »

Céline courut elle-même porter ce billet à l'au-

berge de Pitoiset. — M. Jacques Duhoux, lui dit
la femme de l'aubergiste, est parti cette nuit. Il
a dû recevoir de mauvaises nouvelles, car il semblait tout bouleversé, et, en passant près de sa
chambre, je l'ai très certainement entendu pleurer. Au moment de monter en voiture, il était
pâle comme un linge, et si troublé qu'il a oublié
de nous donner son adresse.

Céline, désespérée, supposa qu'il était retourné
dans sa famille ; à la hâte, elle ajouta sur l'enveloppe l'adresse de Jacques à L..., et prit le parti
de jeter la lettre à la poste. — Il la recevra demain, pensait-elle, et pourra y répondre par un
télégramme ; d'ici là, je cacherai son départ à
Antoinette.

Et ainsi la petite lettre, contenant dans ses plis
toutes les espérances et toute la destinée de la
pauvre Ondine, s'en alla de main en main jusqu'au wagon de l'express qui l'emporta vers L...
Toute la nuit, elle courut à travers champs,
plaines et forêts, tantôt cahotée par la patache
du courrier, tantôt entraînée par la locomotive
haletante. A L..., on ne savait rien du départ de
Jacques, et on renvoya la lettre à Auberive, où
un matin le facteur la déposa tout humide sur
le dressoir de l'auberge. Cette fois, madame Pitoiset, sans plus de cérémonie, se contenta de

classer le billet d'Antoinette parmi les paquets administratifs entassés sur la table du général. La lettre y dormit oubliée, tandis que dans la maison des Corderies Antoinette attendait et se mourait d'angoisse.

Évonyme, en apprenant le brusque départ de son ami, avait été pris de remords et n'avait pas voulu rester avec un pareil poids sur la conscience. Il se sentait responsable de ce triste dénouement ; il accourut aux Corderies, tout contrit et disposé à essuyer en guise de pénitence, les plus cruelles rebuffades d'Antoinette ; mais ses craintes furent vaines. Elle lui tendit une main glacée, un sourire amer voltigea un instant sur ses lèvres pâlies, et ce fut tout ; elle semblait à peine s'apercevoir de sa présence au logis. Tout autre fut l'accueil de M. de Lisle. Il avait autrefois caressé le rêve de marier Antoinette à Évonyme, et la fuite de Jacques Duhoux venait d'évoquer de nouveau ce rêve un moment évanoui. Ormancey fut reçu par lui comme un sauveur, et choyé en conséquence. M. de Lisle remerciait tout haut le ciel de l'avoir préservé d'un gendre aussi maussade que ce *chabrun* de forestier. Sa fille avait mieux que cela sous la main, et il ne lui coûterait que de se baisser pour ramasser. Il le répétait à qui voulait l'entendre, et

ne se faisait aucun scrupule d'en parler devant
la jeune fille. Antoinette écoutait d'un air indifférent ce bourdonnement de paroles inutiles.
Elle avait concentré toutes ses facultés dans l'attente, et son âme était suspendue à une dernière
espérance : la réponse de Jacques à sa lettre. Il
lui semblait impossible qu'il la lût et ne répondît
pas. Quand il verrait ces lignes si humbles, si pé-
nétrées de douleur et de passion, il se laisserait
fléchir et reviendrait. Au momènt où elle y penserait le moins, elle entendrait un bruit de pas,
et, en se retournant, elle l'apercevrait soudain,
ému et pâle, comme le soir où, dans le salon en-
combré de caisses et de paquets, il lui avait si
brusquement déclaré son amour. Souvent, en se
promenant dans le jardin, elle se disait : — Je
vais peut-être le voir au détour de l'allée. —
Parfois même il lui semblait qu'une voix bien
connue murmurait derrière elle : — Antoinette !
— Elle se retournait alors toute frissonnante, et
la déception qu'elle éprouvait lui donnait un coup
au cœur.

C'était surtout à l'heure de la tournée du pié-
ton que son angoisse devenait plus poignante.
Elle guettait l'homme de la poste chaque matin
derrière la grille de la cour. La lettre tant atten-
due arriva enfin... Hélas ! c'était la fin de toutes

ses anxiétés et aussi de toutes ses espérances.
Elle déplia fièvreusement le billet de Jacques,
puis chancela et fut un moment obligée de s'appuyer à la grille. Les lignes courtes et régulières
étaient tracées de cette écriture large et nette
qu'elle avait tant aimée. Le billet ne portait aucune indication ni de date ni de lieu, et voici ce
qu'il contenait :

« Mademoiselle, la dernière conversation que
nous avons eue m'a convaincu que ma présence
vous était à charge et que vous désiriez reprendre
votre liberté. Je n'ai pas voulu vous importuner
plus longtemps, et je me suis éloigné. Vous êtes
libre. J'écris à M. de Lisle pour dégager ma parole. Je ne demande plus que du silence et de
l'oubli.

« Jacques Duhoux. »

Voilà donc toute la réponse qu'il faisait à cette
lettre si aimante où Antoinette s'était mise si tendrement à ses pieds ! Il était parti. Il était retourné sans doute à L..., dans sa famille, près de
cette jeune fille qu'on voulait lui faire épouser !
Elle se redressa sous le coup sanglant de cet
abandon. Elle alla trouver M. de Lisle, qui fumait dans la cuisine, posa le billet tout ouvert

devant lui, et remonta dans sa chambre sans
prononcer un mot. On eût dit qu'une révolution
s'était faite en elle. Toutes les idées de mansuétude, de contrition et d'humilité avaient été em-
portées par un souffle de colère.

L'Ondine fantasque et violente reparaissait tout
entière avec son orgueil, ses rébellions et ses orages. Elle courut à un petit coffret où elle serrait
les lettres de Jacques et tous les frêles souvenirs
qui se rattachaient à sa passion : les bouquets
cueillis dans les bois, le ruban bleu qui nouait
ses cheveux le jour où elle avait reçu son premier
baiser, le livre qu'ils avaient lu ensemble dans le
petit jardin... Elle versa tout le contenu dans
l'âtre et y mit le feu ; puis avec une joie amère
elle regarda flamber ces reliques d'amour. —
Quand une bourrasque agite jusqu'au fond les
eaux d'un étang, on voit le sable et le limon,
brusquement soulevés, rouler à la surface des
débris de plantes mortes et des insectes étranges
qui semblaient enfouis à jamais dans les profondeurs. Ainsi l'orage déchaîné dans le cœur d'Antoinette avait réveillé les sentiments de perversité
qui sommeillent au fond de toute nature humaine.
Les violences du sang paternel, transmises comme
un héritage et mal comprimées par une éducation
imprévoyante, les instincts cruels de l'enfant gâtée

et volontaire, les germes de méchanceté qui fermentent dans l'âme la plus généreuse comme le poison dans la fleur la plus charmante, tous ces éléments de révolte avaient été secoués par cette tempête, et sous leurs vagues troublées les meilleures qualités d'Antoinette avaient disparu submergées. Sa vive sensibilité, son esprit courageux et fier, ses aspirations élevées, tout avait sombré dans ce tourbillon. Un seul sentiment surnageait, la colère, — un seul désir, la vengeance. Elle voulait se venger de sa tendresse méprisée, de sa fierté humiliée, de son amour foulé aux pieds. Elle voulait qu'on lui payât chèrement ses heures d'angoisse, ses nuits de larmes, ses journées d'attente et de fièvre. Il lui fallait des représailles sanglantes, mortelles... Sa vengeance, elle la demandait à tout prix, dût-elle briser son propre cœur. Immobile comme une statue au milieu de sa chambre, elle cherchait des raffinements de cruauté pour mieux torturer celui qui venait de lui faire cette blessure. Elle se creusait la tête pour trouver quel serait le châtiment le plus terrible, le moyen le plus prompt de l'infliger, l'instrument le plus commode et le plus maniable pour frapper le coup. — C'est en pioie à cette colère impitoyable qu'elle descendit au salon.

An moment d'entrer, elle aperçut dans la cour

Évonyme, qui cheminait nonchalamment et d'un
air béatement rêveur. A la vue d'Ormancey, Antoinette s'arrêta un moment sur le seuil ; une
flamme traversa ses regards comme un éclair,
un sarcastique sourire glissa sur ses lèvres, puis
elle attendit résolûment le jeune homme qui avait
relevé la tête et pressé le pas. Évonyme lui serra
les mains d'un air de compassion affectueuse ;
elle répondit à cette démonstration par une nerveuse étreinte, puis ils pénétrèrent ensemble dans
l'appartement, et la jeune fille alla s'asseoir près
du piano, en jetant un ,regard oblique sur son
compagnon, qui, d'un air embarrassé, cherchait
une entrée en matière. Il aurait voulu dire quelques paroles réconfortantes et bien en situation,
mais il ne trouvait rien d'assez délicat pour panser
la blessure d'Antoinette sans la faire saigner de
nouveau. Pour rompre un silence qui devenait
gênant, il se rabattit sur des banalités, parla du
temps pluvieux et de l'automne qui s'avançait.
— Les arbres ont jauni de bonne heure, dit-il en
montrant les feuilles mortes qui se détachaient
lentement des noisetiers et venaient frôler les
vitres avec un bruit d'ailes de papillon.
— Oui, fit machinalement Antoinette... Elle
ferma les yeux et revit comme dans un rêve l'étang
de la Thuilière, baigné par le clair de lune, les

joncs frissonnants, le courant doucement poussé
vers les touffes de trèfles d'eau, puis la ceinture
des bois profonds à travers lesquels soupirait une
lointaine musique de bal... Elle secoua la tête
pour chasser cette vision, et s'adressant brusquement à Ormancey : — Évonyme, commença-t-elle
d'une voix vibrante, vous avez souvent agi avec
moi comme si vous m'aimiez... m'aimez-vous
encore ?

Évonyme tressaillit, puis rougit. — Ma chère
enfant, répondit-il, j'espère que vous ne me faites
l'injure de douter ni de mon affection, ni de mon
dévouement.

— M'aimez-vous encore, continua Antoinette
sans le regarder, non pas seulement comme un
ami, mais comme un amoureux ?

Évonyme sentit une chaleur soudaine lui par-
courir tout le corps et lui serrer la gorge ; il apercevait clairement la pente où on le poussait, et
clairement aussi il reconnaissait l'impossibilité
de se raccrocher aux branches. — Mon cœur n'a
pas changé, répliqua-t-il d'une façon laconique.

— Évonyme, voulez-vous m'épouser ? — Elle
était blanche et froide comme un marbre, et le
son de sa propre voix l'épouvantait.

— Moi ! s'écria-t-il. — Il y avait dans cette seule
exclamation toute une gamme de sensations diffé-

rentes : de la joie un peu, — du saisissement et
de la peur, beaucoup.

— Oui, répéta Antoinette, voulez-vous de moi
pour votre femme ?

— Bonté du ciel ! murmura-t-il, la mine confuse
et les grands yeux ouverts, vous avez songé à
moi ? J'avais parfois entrevu ce bonheur-là dans
un rêve, mais je n'avais jamais espéré qu'il se
réaliserait... Excusez-moi. J'en suis encore tout
ébloui. Ma pauvre enfant, vous ne savez pas quel
triste mari vous prendrez, je suis pétri de défauts !

Elle eut un sourire amer. — Et moi, me croyez-
vous donc un ange ?

— Je vous crois une fée, répondit-il avec con-
viction... Allons, continua-t-il avec l'accent d'un
homme qui se lance, les yeux fermés, dans l'inconnu, puisque vous pensez que je puis vous
rendre heureuse, donnez-moi votre main, vous
serez ma femme et je serai votre esclave. Merci,
chère.. chère Antoinette.

Il voulut déposer un baiser sur les doigts glacés
de la jeune fille, mais elle retira rapidement sa
main et poursuivit d'une voix saccadée : — Bien,
maintenant allez trouver mon père et faites-lui
part de notre résolution. Arrangez tout pour que
cela se termine promptement. Nous voici au pre-

mier octobre ; je veux que nous soyons mariés
avant la fin du mois.

Évonyme obéit, et encore tout abasourdi courut
à la recherche de M. de Lisle. Ce dernier le reçut
à bras ouverts, lui répétant qu'il était le gendre
de ses rêves, et que ce mariage était la joie de ses
vieux jours. Il fut convenu que, sans tarder, on
s'occuperait de tous les préparatifs. — Eh bien !
m'y voilà donc au mariage, se dit Ormancey en
s'en revenant tout songeur au Val-Clavin ; je
touche du pied la lisière de la forêt magique d'où
l'on ne peut plus sortir. Je n'aurai plus de regrets
mélancoliques en regardant passer une noce ; la
vue de deux ou trois marmots jouant sur le pas
d'une porte ne me mettra plus au cœur un sentiment de tristesse et d'envie... J'aurai une femme
et des enfants à moi, des enfants qui nous ressem-
bleront, à nous deux !... Pourquoi ne suis-je pas
plus triomphant ? D'où vient que je sens en moi
un fond de trouble et de terreur ?

Hélas ! le pauvre garçon n'aimait guère le mariage qu'en rêve, et il aurait voulu y rêver éter-
nellement. L'obligation de sortir des irrésolutions
où se complaisait son esprit flottant le plongeait
dans un étrange embarras. Pour se donner du
courage, il se disait qu'il n'y avait plus à reculer.
Il s'était montré fort épris d'Antoinette, alors

qu'elle était engagée à un autre; pouvait-il rompre
et se dérober, maintenant qu'elle était libre?...
D'ailleurs n'était-il pas responsable de ce qui était
arrivé? Ne devait-il pas à la jeune fille une sorte
de dédommagement moral?... Répondre par un
refus, c'eût été se conduire en malhonnête homme
et en faux ami. — Après tout, se disait-il, suis-je
donc à plaindre de prendre une jolie femme qui
a du goût pour moi et qui me fera honneur?...
Évonyme, mon camarade, n'aie point l'air d'un
sot et redresse la tête... Tu es un heureux co-
quin !

En rentrant aux Corderies, M. de Lisle, enchanté, avait pris sa fille par la taille et l'avait
embrassée à deux on trois reprises. — Eh bien,
mademoiselle, s'était-il écrié de sa grosse voix,
nous avons donc changé d'amoureux? Va, je t'en
félicite, tu n'as point perdu au change, et Ormancey est un autre coq que ton forestier. Il m'a
toujours déplu, ce chevalier de la triste figure!
— Il se mit aussitôt à pousser les formalités
préalables au mariage avec une hâte joyeuse.

Antoinette se renfermait dans une impassible
indifférence. Évonyme avait commencé une cour
en règle. Il avait définitivement renoncé à sa
pipe, il soignait sa toilette, il apportait chaque
jour de magnifiques bouquets qu'il faisait venir

de Dijon, et que Céline ne manquait pas de retrouver le lendemain, fanés et dédaigneusement
jetés dans un coin. La jeune fille le recevait d'un
air affectueux, mais sans se départir d'une réserve qu'on ne lui avait pas connue jusque-là.
Elle évitait scrupuleusement toutes les occasions
de tête-à-tête avec son fiancé. Une seule fois, il
faisait si beau temps qu'elle se laissa toucher et
consentit à sortir avec Évonyme. Ils gagnèrent
les bois qui dominent Auberive, mais en entrant
sous la futaie Antoinette quitta le bras d'Ormancey. Elle marchait devant lui, dans l'étroit sentier,
la tête basse, écoutant le bruit des feuilles sèches
que soulevaient ses pieds. La conversation était
languissante et coupée de longs silences pendant
lesquels on entendait le bruit mat des glands
mûrs qui tombaient sur la mousse. Tout à coup
Antoinette tressaillit et s'arrêta à l'entrée d'une
longue tranchée de hêtres... Elle avait reconnu
la gorge du val de Germaine où elle avait passé
une après-midi avec Jacques pendant la fenaison. — Retournons ! dit-elle avec un frisonne-
ment nerveux, il fait froid, et je suis lasse. — Ils
reprirent silencieusement le chemin du village, et
à la lisière du bois, Évonyme crut s'apercevoir
qu'Antoinette avait les yeux plein de larmes. —
C'est étrange, pensa-t-il un peu déconfit ; j'ai

beau faire, mes fiançailles ont les allures funèbres
d'un enterrement de première classe.

Cependant les semaines se succédaient, les pu-
blications avaient eu lieu, et le trousseau allait
être prêt. Évonyme devait passer huit jours à
Paris pour terminer quelques affaires et acheter
la corbeille, et il était convenu que le mariage se
ferait aussitôt après son retour. Un matin, M. de
Lisle le conduisit jusqu'à la voiture de Langres
et, lui souhaitant bon voyage et prompt retour,
le quitta pour aller surveiller ses semailles. Au
moment où le jeune homme allait s'élancer dans
la patache, il se sentit retenu par le pan de son
habit, et, se retournant, il aperçut Céline derrière
lui.

— Hein! qu'y a-t-il? demanda Ormancey en
voyant la figure effarée de la servante; est-il
arrivé quelque chose à Antoinette?

— Non, répondit Céline d'un air sombre, pas
encore! — Et le tirant à l'écart : — Tenez, continua-t-elle, il faut que je vous parle, puisque
personne n'a le courage de vous dire la vérité.
Croyez-moi, restez à Paris, et ne revenez jamais
ici.

— Pour l'amour de Dieu, ma brave fille, qu'y
a-t-il? répéta Évonyme ahuri.

— Il y qu'Antoinette ne vous aime pas, et que

si vous vous entêtez à l'épouser, ce n'est pas un habit de noce qu'il faudra lui préparer, ce sera un drap de mort. — Allons, en voiture! cria le conducteur en faisant claquer son fouet. — Évonyme monta en haussant les épaules, et le courrier partit au grand trot

VIII

L'absence d'Évonyme fit éprouver à Antoinette une sensation de calme et de soulagement. Il lui semblait qu'elle se réveillait d'un cauchemar, et qu'elle pouvait enfin respirer en liberté. Elle n'était plus obligée de jouer un rôle odieux, de mentir à elle-même et aux autres. Elle souhaitait que les minutes devinssent des heures, que les jours se changeassent en siècles, et que le moment du retour de son fiancé n'arrivât jamais. Pendant ce temps, peut-être un incident inespéré viendrait la sauver de ce dénoûment qu'elle redoutait, maintenant que la première fièvre de sa colère s'était apaisée. Jacques Duhoux, dont le congé était expiré, allait sans doute rentrer à son poste, et alors... qui sait ?... Elle conservait en-

core une douteuse lueur d'espérance qui veillait
dans un recoin obscur de son âme, comme une
maigre lampe dans la chambre d'un moribond.
Elle se disait que Jacques l'avait trop adorée
pour l'oublier complètement. Céline lui avait
bien souvent répété : « Tu as des yeux qui en-
sorcellent, ma fille; ceux qui t'aimeront ne
pourront plus se détacher de toi... » Antoinette
avait fini par en être persuadée. Il lui paraissait
impossible que Duhoux, revenant à Auberive,
supportât l'idée de la voir au bras d'un autre;
mais les jours se passaient, et la chambre du
forestier restait vide à l'auberge de Pitoiset. Dans
le bourg, le bruit courait qu'il avait obtenu l'au-
torisation de résider à Langres, certaines gens
prétendaient même qu'il avait donné sa démis-
sion. Dans tous les cas, il n'avait point reparu.
Tout s'évanouissait, tout, jusqu'à la perspective
de cette triste vengeance en vue de laquelle Antoinette venait de sacrifier sa vie. Jacques n'entendrait même pas le bruit de la noce; le tintement des cloches n'irait pas comme un remords
et comme une torture jusqu'à son cœur. Tout
était fini, le dernier espoir avait sombré, la dernière lueur était éteinte.

Quand, au matin du jour fixé pour le retour
d'Évonyme, la jeune fille, en ouvrant sa fenêtre,

entendit le chant des coqs et le bouillonnement
de l'écluse du moulin ; quand elle vit, en face
d'elle, fumer dans une brume violette les hau-
teurs boisées de la Thuilière, le souvenir des
jours heureux de l'été envahit son âme. Comme
ils étaient déjà loin, ces jours pleins d'enchantements ! Quel abîme entre l'avenir qu'elle avait
entrevu alors et la destinée qu'elle contemplait
maintenant face à face ! Tout avait si terriblement
changé, et changé par sa faute. La conscience
d'avoir été le principal instrument de son malheur la plongeait dans un morne désespoir. Elle
avait cru que le monde aurait pour ses fantaisies
les mêmes indulgences que Céline ; elle pensait
que la vie la traiterait toujours en enfant gâtée,
et à la première expérience, la réalité lui avait
infligé une mortelle désillusion. Le mal était fait,
la blessure était saignante et inguérissable.
Pourquoi n'était-elle pas morte le jour où Jacques
avait quitté Auberive ? La mort ne l'épouvantait
pas. Elle s'était déjà familiarisée avec elle depuis
longtemps, depuis le jour où elle avait avalé son
morceau de bleu de Prusse au couvent de Marmoutiers. Mourir était après tout une chose
moins effrayante que d'appartenir corps et âme
à un homme qu'elle n'aimait pas. Rien que cette
perspective la faisait frissonner... Que serait-ce

quand elle se verrait la femme d'Évonyme, — sa
femme pour toute la vie ! — Sa gorge se serra,
des larmes amères lui montèrent aux yeux. —
Non, non, s'écria-t-elle, ce n'est pas possible, je
ne pourrai jamais!

— Eh ! ma fille chérie, dit Céline derrière elle,
il ne faut pas te faire violence, parle franchement,
et romps-moi ce maudit mariage.

— Ah ! répondit Antoinette d'un air sombre,
c'est moi qui l'ai voulu, et maintenant il est trop
tard... J'ai joué avec le bonheur de ma vie, et je
l'ai brisé.

— Bah ! bah ! s'écria Céline en lui prenant les
mains, tout n'est pas fini encore, et j'ai idée que
ce mariage ne se fera pas.

Antoinette secoua tristement la tête, mais Céline n'en persista pas moins dans ses pronostics
rassurants. Elle se prononçait avec d'autant plus
d'aplomb, qu'intérieurement elle était convaincue
du succès de la semonce dont elle avait gratifié
Ormancey. Elle espérait que ses rudes paroles
l'auraient fait réfléchir et qu'il ne viendrait pas
revendiquer ses droits de fiancé, Elle se trompait
Vers midi, elle entendit Tant-Belle aboyer dans
la cour, et la pauvre fille faillit tomber à la renverse en apercevant Évonyme, escorté du courrier

qui brouettait les précieux colis renfermant la corbeille de noce.

Les confidences de Céline avaient, il est vrai, jeté une forte douche sur l'enthousiasme d'Ormancey ; mais, selon son habitude, il avait commencé par ruminer longuement les paroles de la servante, et cette méditation l'avait replongé dans une nuageuse irrésolution. Son amour-propre était profondément blessé. On a beau être un philosophe à la façon de Montaigne, il est toujours désagréable de s'entendre dire qu'on déplaît à une jolie femme sur laquelle on comptait avoir fait impression. De là à douter de la sincérité de Céline, il n'y avait qu'un pas. — Cette fille, pensait Évonyme, n'a jamais pu digérer mon mariage avec Antoinette ; elle avait pris le parti de Jacques contre moi, et elle me garde rancune de l'échec de son protégé. — D'ailleurs, bien qu'Évonyme ne fût point passionnément épris, du moins avait-il pour Antoinette une sérieuse affection, et son cœur souffrait de la situation fausse où se trouverait la jeune fille, si ce second mariage venait à manquer. Au point où en étaient les choses quel esclandre produirait une rupture ! L'avenir d'Antoinette en serait à jamais compromis, il faudrait se brouiller avec la famille. Evonyme entrevoyait toute une inextricable complication de

15

choses désagréables. Après avoir longtemps pesé
le pour et le contre, il s'était déterminé à repar-
tir pour Auberive, bien résolu à observer de sang-
froid l'attitude de sa fiancée, et a ne prendre un
parti définitif qu'après avoir franchement inter-
rogé le cœur de la jeune fille.

A son arrivée à Langres, un incident tout à
fait inattendu vint encore accroître son trouble et
ses perplexités. Au moment où il s'installait dans
la patache du courrier et où le jaune véhicule
commençait à rouler dans la principale rue de la
ville, Évonyme crut reconnaître, sur le seuil d'un
hôtel, Jacques Duhoux revêtu de son uniforme de
garde général. Craignant d'être le jouet d'une
illusion, il mit la tête à la portière, et put constater que ce forestier, occupé là-bas à contempler
d'un air mélancolique la fuite du courrier d'Auberive, était bien son ami Duhoux en chair et en
os. — Ah ! il est revenu, grommela-t-il, qui sait
si cette infernale servante ne l'a point prévenu,
et s'ils ne s'entendent pas pour m'évincer ? Hélas !
aussi qu'avais-je besoin d'être amoureux, et que
suis-je allé faire dans cette galère du mariage ?

Lorsqu'il entra dans le salon des Corderies, le
pauvre garçon avait le cœur tremblant. Il sentit
toutes ses résolutions héroïques se briser contre
l'indifférence glacée d'Antoinette. Tandis que Cé-

line déballait la corbeille, Ormancey s'approcha de la jeune fille, et, tirant de sa poche deux écrins : — Voyez, lui dit-il en les ouvrant, si ce sont bien les pierres que vous avez désirées.

Les écrins contenaient une parure d'opales et d'aigues-marines. Antoinette les examina du bout des doigts et fit un léger signe d'assentiment. Céline s'était levée pour les contempler. — Des opales ! s'écria la superstitieuse servante, j'espère bien que vous n'allez pas donner ça à ma petite fille ! Ces pierres-là portent malheur.

— C'est moi qui les ai choisies, répondit Antoinette. — Puis, se retournant vers Évonyme, elle ajouta avec un regard sombre : — Des aigues-marines et des opales, n'est-ce pas la parure qui convient à une ondine ?

— Au moins, essayez-les ! dit Évonyme en lui jetant un coup d'œil humilié et suppliant.

Elle prit les bijoux et se plaça devant la glace. Un rayon de soleil l'illuminait, et la robe de mousseline blanche à plis flottants dessinait mollement sa taille souple, sa poitrine frémissante et ses épaules de reine. Son cou délicat et flexible était encadré dans une collerette évasée à tuyaux droits, comme en portaient les femmes au XVIe siècle. A ses oreilles, à son cou et à ses poignets, les opales et les aigues-marines brillaient

pareilles à de claires gouttes d'eau légèrement
irisées. Ses joues, plus blanches que la mousseline de sa robe, faisaient vivement ressortir l'é-
clat fiévreux de ses grands yeux. Emerveillé de
cette neigeuse beauté, Évonyme se sentit redeve-
nir amoureux, ses doutes s'enfuirent comme des
vapeurs fondues dans un rayon de soleil, et il
marcha lentement vers elle en ouvrant démesu-
rément les yeux.

— Vous me trouvez belle ? dit Anloinette avec
un sourire glacé.

— Vous ressemblez à une fée des eaux, répondit Évonyme ébloui.

Il avança galamment, et lui prit une main,
qu'elle lui abandonna d'un air indifférent, puis,
enhardi, il voulut déposer un baiser sur ces beaux
yeux qui lui jetaient un regard si résigné ; mais au
moment où les lèvres de l'audacieux fiancé effleuraient déjà les cils bruns de la jeune fille, la figure
de cette dernière prit une expression terrible de
répugnance et de terreur, ses deux bras raidis
repoussèrent Évonyme. — Non, non, jamais ! s'é-
cria-t-elle, et dans le même instant elle s'évanouit et tomba agenouillée sur le parquet.

Au cri poussé par Évonyme, Céline était accourue. Elle écarta rudement Ormancey, qui voulait
soutenir la jeune fille. — Vous voyez bien que

vous la tuez, murmura-t-elle d'un air féroce ;
allez-vous-en !

Il s'éloigna tout confus. — Cette fois, c'est bien
clair, se dit-il en reprenant piteusement le chemin
d'*Entre deux eaux*, et je comprends tout... Si je
laissais faire cette terrible fille, elle se jetterait
tête baissée dans l'abîme, quitte à m'y entraîner
avec elle... Merci ! je lui fausserai compagnie.
Un mariage heureux n'est déjà pas une si fameuse
affaire, mais un hymen comme celui-ci serait un
enfer pour elle et pour moi. Oh ! les femmes ! Elle
m'aurait pourtant froidement exécuté pour le
plaisir de se venger de Jacques !...

Je vous suis obligé, belle de la leçon !

Il se sentait cette fois radicalement guéri du
mariage ; le spectacle de cette pauvre fille, qui
aimait Jacques et souffrait le martyre, le touchait
de compassion. Lui qui se piquait d'observer le
cœur humain, comment n'avait-il pas deviné plus
tôt la persistance de cet amour resté comme un fer
dans la plaie ? — Voyons, s'écria-t-il mentalement,
ne ferai-je rien pour rétablir ce bonheur que j'ai
ruiné ?... Si, morbleu ! je leur montrerai à tous
deux qu'il y a un homme et un brave homme dans
la peau d'Évonyme Ormancey, et je raccommo-
derai tout, dussé-je à mon tour laisser aux buissons quelques lambeaux de ma dignité.

Il se dirigea vers l'auberge et demanda des nouvelles de Jacques. Le garde général n'avait point encore reparu chez Pitoiset; mais on savait qu'il avait repris son service; il faisait des tournées en forêt; un garde des environs avait été chargé par lui d'emporter le lendemain les bagages et les papiers adressés à l'auberge en son absence, et de les déposer à la maison forestière, chez le brigadier Sauvageot, où Jacques avait élu domicile. Évonyme s'en revint lentement chez lui, et passa le reste de la soirée à mûrir un projet qu'il résolut de mettre à exécution sans tarder.

Il quitta la ferme dès l'aube, et arriva de bonne heure aux Corderies, où il trouva Antoinette et son père, et où il fit jouer immédiatement tous les ressorts de ses finesses diplomatiques afin d'amener la jeune fille à l'accompagner jusqu'au Val-Clavin. — Elle lui avait depuis longtemps promis cette visite, et il désirait avoir son avis sur certains embellissements intérieurs. — Sa proposition fut moins mal accueillie qu'il ne le craignait. Céline était absente, et M. de Lisle, ayant eu connaissance de la scène de la veille, avait fortement rabroué sa fille au sujet de ce qu'il nommait ses simagrées. Elle se repentait du reste elle-même d'avoir montré si peu de courage, et elle

n'osa pas refuser. Il fut convenu que M. de Lisle
rejoindrait les deux jeunes gens vers midi, et
qu'on déjeunerait à la ferme.

Ils partirent. Le temps était très clair, et il
avait gelé pendant la nuit; les feuilles sèches qui
jonchaient le chemin étaient saupoudrées d'un
léger givre, et la terre craquait sous les pieds.
Evonyme fit prendre à Antoinette un sentier à
travers bois. Il s'applaudissait intérieurement du
commencement de réussite de ses combinaisons,
et il se flattait de mener à bien le reste de l'entre-
prise. Il fredonnait doucement, tout en aidant
Antoinette à escalader les rampes abruptes de la
forêt, et s'efforçait de diriger la conversation sur
des sujets indifférents et impersonnels. La jeune
fille, surprise de cette attention délicate, se prêtait
de son mieux à une causerie banale et inoffensive.
Elle fit ainsi du chemin sans s'en douter. Tout à
coup le petit sentier déboucha brusquement à la
lisière d'un taillis, et Antoinette reconnut, dans le
fond de la Combe, l'étang de la Thuilière, baigné
de soleil et bordé de trembles jaunissants. —
Pourquoi m'avez-vous amenée ici? s'écria-t-elle
avec un accent irrité, ce n'est pas le chemin de
la ferme.

— Non, répondit-il, mais j'ai un renseignement
à demander au garde de la Thuilière. C'est

l'affaire d'un quart d'heure à peine. Asseyez-vous
au soleil, et amusez-vous à lire ceci en m'attendant. — Il lui donna un volume de La Fontaine,
et monta, le cœur très ému, la sente qui menait
à la maison forestière.

D'après ce que lui avait dit l'hôtesse d'Auberive,
il avait calculé que Jacques, tout occupé de son
emménagement, n'irait pas en forêt ce jour-là. Il
ne s'était pas trompé ; Jacques Duhoux s'installait
dans une petite chambre située au premier étage,
d'où l'on dominait les bois et l'étang. En entrant,
Évonyme l'aperçut, penché, sur les registres et
les cartons qui encombraient le parquet ; à côté
de lui, une petite table était couverte de papiers
épars. Au bruit de la porte, Jacques se retourna
et Évonyme fut effrayé de la douloureuse altération de ses traits : il avait maigri, et les orbites
de ses yeux s'étaient encore creusées. A la vue de
ce visiteur inattendu, Jacques pâlit, et se levant
avec violence : — Que me voulez-vous ? s'écria-t-il,
j'espérais bien ne plus vous revoir !

— Jacques, mon vieux camarade..., commença
Évonyme d'une voix émue.

Jacques le regarda d'un air hautain : — N'in-
voquez pas notre ancienne amitié. Elle est
morte... Vous auriez dû comprendre que votre
vue m'est pénible.

— Ecoute-moi un moment avec calme !

— Allez-vous-en ! dit-il, je ne veux rien entendre.

— Ah ! morbleu ! fit Evonyme avec obstination, tu m'entendras pourtant ! Si tu t'imagines que je suis monté ici pour mon plaisir, tu te trompes. Ma conscience m'y a poussé, et je n'en sortirai pas avant de m'être déchargé de ce que je crois un devoir.

— Parlez donc, et faites vite ! murmura Jacques sans le regarder.

— J'ai eu des torts envers toi, reprit lentement Ormancey, et je t'en demande pardon ; mais il ne s'agit pas de moi, je viens te parler d'Antoinette.

Jacques eut un tressaillement douloureux. — Me venez-vous demander mon consentement ? s'écria-t-il avec une ironie amère.

— Il n'est pas question de moi, te dis-je... Si j'ai été un moment assez naïf pour croire que je pourrais faire un mari présentable, je suis bien vite revenu de ma folie. Antoinette n'a jamais aimé que toi, ton abandon la tue et elle en meurt. Tu ne me crois pas ! s'écria-t-il en voyant Jacques hausser les épaules... Bonté du ciel ! est-il possible que tu ne me croies pas quand je t'apporte pour preuve mon orgueil piteusement foulé aux pieds, quand je m'humilie devant toi jusqu'à jouer un rôle ridicule ? Ce n'est pas elle qui m'a parlé de son amour et de sa souffrance, elle a bien trop de fierté! Mais j'ai tout deviné à ses invincibles répugnances quand ma main touche la sienne. Elle souffre le martyre, mon ami, et c'est pourquoi je suis venu ici.

— Et moi! s'écria Jacques en se retournant vers Évonyme et lui laissant voir sa figure amaigrie, crois-tu donc que je ne souffre pas? Penses-tu qu'on arrache un amour comme le mien sans que le cœur en saigne? Depuis un mois, je ne vis pas, je ne pense pas... Je marche comme à travers un cauchemar! Quand j'ai voulu reprendre mon travail, j'ai compris que j'en étais incapable, et quand, en arrivant ici, j'ai appris que tu l'épousais, j'ai crié tout seul à travers les bois comme si on avait enfoncé un fer rouge dans ma blessure. Ses yeux se creusent, dis-tu, et ses joues pâlissent; eh bien! regarde, est-ce que j'ai la mine d'un vivant, moi!

— Toi, dit gravement Évonyme, tu es un homme, et tu dois être fort devant la douleur; mais elle, la pauvre enfant, si charmante et si mal préparée contre la souffrance!... un coup de vent qui brise une fleur arrache à peine quelques feuilles à un chêne... Allons, ajouta-t-il en voyant un frisson courir sur la figure de Jacques Duhoux, laisse-toi toucher par la pitié et sois bon pour elle!

Jacques ne semblait pas l'entendre, il se promenait à travers la petite chambre avec une agitation croissante. — Tu ne sais pas, reprit-il en s'arrêtant devant Ormancey, elle n'a jamais su combien je l'aimais! J'avais mis en elle l'espoir de toute ma vie. Avant de la connaître, je n'avais jamais aimé. Elle a eu tous les bouillonnements de mon sang, toute la sève de ma jeunesse, et des trésors de tendresse où personne n'avait jamais puisé. Qu'a-t-elle fait de tout cela? Elle a pris ma passion pour un de ces amours avec lesquels on peut jouer impunément. Quelle pitié a-t-elle eue après m'avoir brisé! quels repentirs a-t-elle manifestés? Je ne demandais qu'un mot, qu'un appel du cœur pour revenir pleurer à ses pieds... Ce mot, elle n'a pas même songé à le prononcer!

— Et toi, répliqua Évonyme, as-tu songé à l'attendre, ce rappel dont tu parles? Ne t'es-tu pas trop pressé de la condamner? Tu es parti comme un fou, sans même dire où tu allais? Es-tu sûr qu'Antoinette ne t'ait pas écrit, que sa lettre ne se soit pas égarée en route?

— Oh! fit Jacques en secouant la tête d'un air incrédule.

— En es-tu sûr? répéta Ormancey; as-tu au moins questionné ton hôtesse d'Auberive?

Jacques s'approcha des papiers amoncelés sur

la table. — Voilà, dit-il, ce qui est arrivé en mon
absence, des paperasses administratives. Tu peux
y fouiller, va, tu n'y trouveras que des paquets
officiels. — En dépit de ces dernières paroles, il
s'était penché avec Évonyme sur le monceau de
paperasses, et tous deux s'étaient mis à les trier
avec une impatience fiévreuse. Tout à coup
Évonyme poussa un cri triomphant. Entre deux
paquets, il venait de découvrir la petite lettre
d'Antoinette, à demi enfoncée sous les doubles
bandes d'une correspondance administrative. Il la
tendit à Jacques, qui déchira l'enveloppe d'une
main tremblante.

— Le timbre de la poste porte la date du
21 septembre, murmura Évonyme.

Jacques Duhoux dévora les lignes de la pauvre
lettre oubliée. A mesure qu'il lisait, il devenait
plus pâle ; les muscles de sa figure se détendi-
rent, un sanglot souleva sa poitrine, et de ses
yeux sombres deux larmes tombèrent sur le papier du billet. — Évonyme le considérait sans
rien dire et se sentait lui même gagné par l'émotion. Jacques lisait et relisait la lettre sans faire
un mouvement. A la fin, Ormancey lui frappa
doucement sur l'épaule et lui montra, par la fenêtre ouverte, la combe profonde où l'étang mi-
roitait au soleil.

— Elle est là, dit-il, à la lisière du bois. Je l'ai
amenée ici par surprise, et elle ne se doute de
rien.

Jacques, les lèvres contractées, contempla un
moment la combe pleine de clarté, puis il sortit
brusquement de la chambre et se précipita hors
de la maison forestière...

Après le départ de son compagnon, Antoinette
avait quitté la lisière du bois, et, laissant parmi
les feuilles sèches le La Fontaine d'Évonyme, s'é-
tait dirigée vers la chaussée de l'étang. Le soleil
avait fondu le givre, de légères buées ondulaient
sur les pelouses exposées au midi. La jeune fille
reconnaissait les moindres détails de la berge où
elle s'était arrêtée au retour du bal. Tout était à
la même place, les saules de l'îlot, la passerelle à
demi brisée, les trèfles d'eau balançant leurs
feuilles à triple découpure. Elle s'était assise à
l'extrémité du talus, et, la tête appuyée sur sa
main, elle contemplait l'étang dont le vent ridait
doucement la surface et dont les ondes lumineuses venaient presque baigner ses pieds. L'eau
verte et limpide laissait voir à une assez grande
profondeur le lit d'herbes flottantes où des rayons
de soleil se jouaient ainsi que des caresses. Là
était le calme, l'oubli des misères, l'anéantisse-
ment.. Ne vaudrait-il pas mieux, pensait Antoi-

nette, dormir sous le voile de ces herbes ondu-
leuses que d'être ensevelie vivante dans une hor-
rible robe de noce ?... Elle avait toujours aimé
l'eau, mais en ce moment elle la sentait plus
sympathique et plus attirante que jamais. Elle se
penchait et suivait d'un œil fasciné les rayons qui
avaient l'air de plonger dans les remous du courant et d'y flotter comme une chaîne aux an-
neaux d'or. L'eau murmurait dans les joncs;
c'était comme une musique lointaine, cristalline,
pleine de câlinerie et de mollesse. La jeune fille
trouvait à l'écouter un charme indéfinissable. Plus
elle prêtait l'oreille à cette musique berceuse, plus
elle enfonçait son regard dans ces profondeurs
chatoyantes, et plus elle se détachait du reste
des choses. Elle avait cessé de penser, elle ne
distinguait plus rien des autres bruits de la terre.
Son corps glissait insensiblement vers cette
onde invitante et mystérieuse; le vertige la prenait. Tout à coup une main nerveuse lui saisit le
bras et la ramena violemment en arrière. Elle se
retourna et poussa un cri. — Jacques ! — dit-
elle, et ses yeux se fermèrent.

Il la fit asseoir près de lui, sur les pierres du
talus. Comme dans la nuit du bal, il sentait le
cœur d'Antoinette battre contre le sien; il contemplait cette figure pâlie, ces yeux creusés et

cette petite bouche pure comme celle d'un enfant. Le charme de l'Ondine l'avait reconquis tout entier : il la serra plus étroitement dans ses bras et posa un baiser sur ses paupières abaissées. Alors elle ouvrit les yeux et revint à elle, toute frissonnante, puis, saisissant les mains de Jacques dans une étreinte passionnée : — Ah ! murmura-t-elle, je ne vous attendais plus. Encore un peu, et vous ne m'auriez plus trouvée !

— Vous vouliez mourir ! s'écria-t-il.

— Je ne sais... mais je me sentais horriblement malheureuse, et il me semblait que j'oubliais mes peines en écoutant cette chanson de l'eau qui m'attirait... Ah ! reprit-elle en frémissant, n'est-ce pas que vous ne me quitterez plus ?... — Les sanglots lui coupèrent la parole, et des pleurs mouillèrent ses yeux.

Jacques cherchait à la calmer avec des caresses. Il lui conta la démarche d'Évonyme et lui expliqua comment il n'avait lu sa lettre que le matin même. Il était parti le 20 septembre, le cœur plein de colère. — Tout m'était odieux, dit-il, vous, Évonyme, le monde entier... J'ai pris le premier convoi qui passait, j'aurais voulu fuir à l'autre extrémité de la terre. Je ne me suis arrêté qu'à l'endroit où le chemin de fer finissait, en Bretagne. Là, entre la mer et lande, j'ai

essayé de me guérir; mais j'avais **beau** faire,
votre fantôme me suivait partout. Alors, je suis
revenu dans les bois d'Auberive, et dès 'e soir de
mon retour j'ai appris que vous deviez épouser
Evonyme.

— Oui, j'ai été mauvaise, soupirait-elle, mais
si vous saviez comme. j'ai pleuré, comme je vous
ai attendu ! J'ai cru que vous étiez retourné à
L... vous marier avec la jeune fille aux yeux bleu
faïence, et la folie m'a prise. Je voulais vous faire
beaucoup de mal et m'en faire à moi-même ; je
me suis jetée à la tête de ce pauvre Évonyme... La
punition a été rude, ajouta-t-elle ; mais, si vous
me pardonnez, je ne serai plus méchante. J'ai
laissé dans l'étang toutes mes *mauvaisetés*.

Il lui prit les mains et les couvrit de baisers. —
Je vous aime, lui dit-il, et ma vie est à vous...

Evonyme était resté dans la petite chambre de
la maison forestière. Il avait mis le nez à la fenêtre, et ses yeux perçants suivaient le manège des
deux amoureux, qu'il voyait se détacher comme
deux ombres dans la verdure du talus. Il poussa
tout à coup un soupir de soulagement. — Allons !
dit-il, la paix est faite. — Il aperçut sur la
croisée une pipe et du tabac, jeta un cri
joyeux, bourra la pipe et l'alluma. — Voilà,
pensait-il en aspirant les bouffées avec délices,

voilà depuis longtemps la première fois que
je fume avec une conscience paisible. — Il contemplait les allées et venues du couple lointain
avec ce suave sentiment de volupté qu'on éprouve
à regarder du rivage la mer orageuse. — Décidé-
ment, murmura-t-il, je ne me marierai pas!
Toutes ces tempêtes ne sont pas faites pour moi,
je me contenterai, assis à ma fenêtre, de regarder les gens qui lèvent l'ancre et qui appareillent
pour le voyage à Cythère... Et pourtant ils sont
heureux, ces deux amoureux qui se promènent
là-bas! Le soleil leur rit de nouveau et ils ou-
blient les colères de la tourmente qui les a fusti-
gés. Hier, ils s'arrachaient les cheveux et vou-
laient mourir ; aujourd'hui tout leur est sourire,
chants de fête et caresses... Ah ! par ma foi,

> Amour est un étrange maître,
> Heureux qui peut ne le connaître
> Que par récit, lui ni ses coups ..

Ces vers lui rappelèrent qu'il avait confié à
Antoinette un volume de son poète favori. —
Sarpejeu ! s'écria-t-il, et mon La Fontaine ? Ils
l'auront oublié sous un arbre, et mon exemplaire
est en train de prendre un bain de rosée ?...

Il se leva précipitamment et courut à la recherche du précieux volume ; ce ne fut qu'après
l'avoir trouvé qu'il rejoignit les deux amoureux

et qu'ils prirent tous trois le chemin du Val.
Clavin.

A quoi bon vous en dire davantage ? Evonyme
fit entendre raison à M. de Lisle, et Jacques et
Antoinette se marièrent en novembre. Aujour-
d'hui ils vivent tous aux Corderies. Evonyme a
été le parrain du premier enfant de l'Ondine. Le
bambin commence à grandir, et Ormancey lui
apprend à lire dans les fables de La Fontaine. Le
brave garçon en est tout heureux. — Je le forme
à mon image, dit-il, je goûte les joies de la pa-
ternité sans avoir les angoisses du mariage ; j'é-
tais né pour être oncle !

FIN

ÉMILE COLIN ET Cⁱᵉ — IMPRIMERIE DE LAGNY
E. GREVIN, SUCCʳ

AUTEURS CÉLÈBRES
à 60 centimes le volume

En jolie reliure spéciale à la collection, 1 franc le volume

Le but de la collection des *Auteurs célèbres*, à **60** *centimes* le volume, est de mettre entre toutes les mains de bonnes éditions des meilleurs écrivains modernes et contemporains.

Sous un format commode et pouvant en même temps tenir une belle place dans toute bibliothèque, il paraît chaque quinzaine un volume.

CHAQUE OUVRAGE EST COMPLET EN UN VOLUME

Nᵒˢ
248. AICARD (JEAN) . . . . Le Pavé d'Amour.
474. AIMARD (G.) . . . . . Le Robinson des Alpes.
403. AJALBERT (JEAN) . . . En amour.
204. ALARCON (A. DE) . . . Un Tricorne.
382.   —   Le Capitaine Hérisson.
219. ALEXIS (PAUL) . . . . Les femmes du père Lefèvre.
431. ALLARD (RENÉE). . . . Le Roman d'une provinciale.
178. ARCIS (CH. D') . . . . La Correctionnelle pour rire.
298.   —   La Justice de Paix amusante.
 36. ARÈNE (PAUL). . . . . Le Canot des six Capitaines.
141.   —   Nouveaux Contes de Noël.
 32. AUBANEL (HENRY) . . . Historiettes.
 62. AUBERT (CH.). . . . . La Belle Luciole.
128.   —   La Marieuse.
291. AURIOL (GEORGE) . . . Contez-nous ça !
339. AUTEURS CÉLÈBRES . . Chroniques et Contes.
325. AVENTURES MERVEILLEUSES DE FORTUNATUS. (Illustrations).
320. BALLIEU (JACQUES) . . Les Amours fatales. Saïda.
410. BALZAC (H. DE) . . . . Le père Goriot.
412.   —   La Peau de chagrin.
414.   —   La Femme de trente ans.
416.   —   Le Médecin de campagne.
418.   —   Le Contrat de mariage.
420.   —   Mémoires de deux jeunes mariées.
422.   —   Le Lys dans la Vallée.
424.   —   Histoire des Treize.
426.   —   Ursule Mirouët.
428.   —   Une ténébreuse affaire.

a

430. BALZAC (H. DE). . . . Un début dans la Vie.
432. — Les Rivalités.
434. — La Maison du Chat-qui-Pelote.
436. — Une double famille.
438. — La Vendetta.
440. — Gobseck.
442. — Le Colonel Chabert.
444. — Une Fille d'Ève.
446. — La maison Nucingen.
448. — Le Curé de Tours.
450. — Pierrette.
452. — Béatrix.
454. — Louis Lambert.
456. — Séraphita.
458. — Eugénie Grandet.
460. — Physiologie du mariage.
462. — Modeste Mignon.
464. — Grandeur et décadence de César Birotteau.
466. — La cousine Bette.
468. — Le cousin Pons.
317. BARBIER (ÉMILE) . . . Cythère en Amérique. Illustré.
425. BARBUSSE (A.) . . . . L'Ange du foyer.
470. BAROT (ODYSSE) . . . Susie.
346. BARRON (LOUIS). . . . Paris étrange.
379. BEAUMARCHAIS . . . . Le Barbier de Séville.
380. — Le Mariage de Figaro.
184. BEAUTIVET . . . . . . La Maîtresse de Mazarin.
14. BELOT (ADOLPHE). . . Deux Femmes.
31. — Hélène et Mathilde.
171. — Le Pigeon.
189. — Le Parricide.
203. — Dacolard et Lubin.
137. BELOT (A.) et E. DAUDET La Vénus de Gordes.
156. BELOT (A.) et J. DAUTIN. Le Secret terrible
373. BERLEUX (JEAN). . . . Cousine Annette.
394. — Le Roman de l'Idéal.
389. BERNARD (CH. DE). . La peau du Lion.
72. BERTHE (COMTESSE) . . La Politesse pour Tous.
146. BERTHET (ÉLIE). . . . Le Mûrier blanc.
222. BERTOL-GRAIVIL. . . . Dans un Joli Monde ⎱ (Les Deux
223. — Venge ou meurs! ⎰ Criminels).
375. BESNARD (ÉRIC). . . . Le Lendemain du mariage.
162. BIART (LUCIEN) . . . . Benito Vasquez.
296. BLASCO (EUSEBIO) . . . Une Femme compromise.
268. BOCCACE. . . . . . . Contes.
311. BONHOMME (PAUL). . . Prisme d'Amour.
74. BONNET (ÉDOUARD) . . La Revanche d'Orgon.
43. BONNETAIN (P.). . . . Au Large.
57. — Marsouins et Mathurins.
224. BONSERGENT (A.) . . . Monsieur Thérèse.

Nᵒˢ

276. BOSQUET (E.). . . . . Le Roman des Ouvrières.
112. BOUS ENARD (L.) . . . Aux Antipodes.
145. — 10.000 ans dans un bloc de glace.
229. — Chasseurs Canadiens.
12. BOUVIER (A.). . . . . . Colette.
34. — Le Mariage d'un Forçat.
105. — Les Petites Ouvrières.
143. — Mademoiselle Beau-Sourire.
167. — Les Pauvres.
186. — Les Petites Blanchisseuses.
398. BOUVIER (JEAN). . . . Fille de chouan.
191. BRÉTIGNY (P.) . . . . La Petite Gabi.
400. BRISSE (BARON). . . . Petite cuisine des Familles.
381. BRUNEL (GEORGES). . . La Science à la Maison.
399. BUSNACH (WILLIAM) . . Le Crime du bois de Verrières.
75. CAHU (THÉODORE). . . Le Sénateur Ignace.
233. — Le Régiment ou l'on s'amuse.
279. — Combat d'Amours.
324. — Excelsior. Un Amour dans le monde.
396. — Celles qui se donnent.
322. CAMÉE. . . . . Un Amour russe.
37. CANIVET (CH.) . . . . La Ferme des Gohel.
305. — Enfant de la Mer (couronné).
253. CASANOVA (J.) . . . . Sous les Plombs.
386. CASIMIR DELAVIGNE . . Les Enfants d'Edouard.
129. CASSOT (C.) . . . . . La Vierge d'Irlande.
344. CASTANIER (P.) . . . . Le Roman d'un Amoureux.
287. CAZOTTE (J.) . . . . . Le Diable Amoureux.
323. CHAMISSO (A. DE) . . . Pierre Schlémihl (Illustrations).
123. CHAMPFLEURY. . . . . Le Violon de faïence.
147. CHAMPSAUR (F.). . . . Le Cœur.
42. Chanson de Roland (La)
54. CHATEAUBRIAND. . . . Atala, René, Dernier Abencérage.
7. CHAVETTE (E.) . . . . La Belle Alliette.
30. — Lilie, Tutue, Bebeth.
190. — Le Procès Pictompin.
198. CHINCHOLLE (CH.). . . Le Vieux Général.
120. CIM (ALBERT). . . . . Les Prouesses d'une Fille.
329. — Les Amours d'un Provincial.
364. — La Petite Fée.
125. CLADEL (LÉON) . . . . Crête-Rouge.
18. CLARETIE (JULES) . . . La Mansarde.
85. COLOMBIER (MARIE) . . Nathalie.
358. — Sacha.
163. CONSTANT (BENJAMIN) . Adolphe.
282. COQUELIN CADET . . . Le Livre des Convalescents. (Illust.)
347. CORA PEARL . . . . . Mémoires.
328. CORDAY (MICHEL) . . . Misères secrètes.
390. — Mon lieutenant.
303. COTTIN (MADAME). . . Elisabeth.

Nᵒˢ

26. COURTELINE (G.) . . . Le 51e Chasseurs.
153. — Madelon, Margot et Cie.
228. — Les Facéties de Jean de la Butte.
252. — Ombres parisiennes.
237. — Boubouroche.
271. COUTURIER (CL.) . . . Le Lit de cette personne.
357. CYRANO DE BERGERAC . Voyage dans la Lune.
259. DANRIT (CAPITAINE) . . La Bataille de Neufchâteau.
419. — Les Exploits d'un sous-marin.
238. DANTE. . . . . L'Enfer.
360. DARZENS. . . . . . . Le Roman d'un Clown.
2. DAUDET (ALPHONSE) . . La Belle-Nivernaise.
131. — Les Débuts d'un Homme de Lettres.
179. DAUDET (ERNEST) . . . Le Crime de Jean Malory.
50. — Jourdan Coupe-Tête.
217. — Le Lendemain du péché.
332. — Les 12 Danseuses du château de Lamolle.
342. — Le Prince Pogoutzine.
352. — Les Duperies de l'Amour.
244. DELCOURT (P.) . . . . Le Secret du Juge d'Instruction.
29. DELVAU (ALFRED) . . . Les Amours buissonnières.
58. — Mémoires d'une Honnête Fille.
134. — Le grand et le petit Trottoir.
220. — A la porte du Paradis.
235. — Les Cocottes de mon Grand-Père.
254. — Miss Fauvette.
169. — Du Pont des Arts au Pont de Kehl.
89. DESBEAUX (E.) . . . . La Petite Mendiante.
70. DESLYS (CH.) . . . . . L'Abîme.
155. — Les Buttes Chaumont.
225. — L'Aveugle de Bagnolet.
48. DHORMOYS (P.) . . . . Sous les Tropiques.
262. DICKENS (CH.) . . . . Un Ménage de la Mer.
240. — La Terre de Tom Tiddler.
207. — La Maison hantée.
21. DIDEROT . . . . . . Le Neveu de Rameau.
66. DIGUET (CH.). . . . . Moi et l'autre (ouvrage couronné).
314. DOLLFUS (PAUL) . . . Modèles d'Artistes (illustré).
117. DOSTOIEWSKY . . . . Ame d'Enfant.
337. — Les Précoces.
343. DRAULT (JEAN) . . . . Les Aventures de Bécasseau.
455. — L'impériale de l'omnibus.
24. DRUMONT (ÉDOUARD) . Le Dernier des Trémolin.
140. DUBUT DE LAFOREST . Belle-Maman.
158. DU CAMP (MAXIME). . . Mémoires d'un Suicidé.
152. DUMAS (ALEXANDRE) . . La Marquise de Brinvilliers.
192. — Les Massacres du Midi.
221. — Les Borgia.
231. — Marie Stuart.
285. DURIEU (L.) . . . . . Ces bons petits collèges.

N°⁸

331. DURIEU (L.) . . . . . Le Pion.
  8. DUVAL (G.) . . . . . Le Tonnelier.
241. ENNE (F.) et F. DELISLE La Comtesse Dynamite.
121. ERASME. . . . . . . Colloques choisis (couronné).
363.   —   Éloge de la folie (couronné).
 27. ESCOFFIER . . . . . . Troppmann.
124. EXCOFFON (A.) . . . . Le Courrier de Lyon.
203. FIÉVÉE (J.) . . . . . La Dot de Suzette.
104. FIGUIER (Mᵐᵉ LOUIS).. Le Gardian de la Camargue.
164.   —   Les Fiancés de la Gardiole.
471. FISCHER (MAX ET ALEX). Avez-vous cinq minutes?
  1. FLAMMARION (CAMILLE). Lumen.
 51.   —   Rêves étoilés.
101.   —   Voyages en Ballon.
151.   —   L'Éruption du Krakatoa.
201.   —   Copernic et le système du monde.
251.   —   Clairs de Lune.
301.   —   Qu'est-ce que le Ciel?
351.   —   Excursions dans le Ciel.
401.   —   Curiosités de la Science.
451.   —   Les caprices de la foudre.
449. FONCLOSE (Mᵐᵉ M. DE). Guide pratique des Travaux de Dames
313. FRAGEROLLE et COSSERET. Bohême bourgeoise.
340. GARCHINE . . . . . . La Guerre.
 17. GAUTIER (THÉOPHILE). Jettatura.
 53.   —   Avatar. — Fortunio.
139. GAUTIER (Mᵐᵉ JUDITH). Les Cruautés de l'Amour.
391. GAWLIKOWSKI. . . . . Guide complet de la Danse.
397. GAY (ERNEST) . . . . Fille de comtesses.
349. GINESTET (H. DE) . . . Souvenirs d'un prisonnier de guerre en Allemagne.
194. GINISTY (P.). Seconde nuit (roman bouffe. Préface par A. Silvestre).
 23. GŒTHE . . . . Werther.
172. GOGOL (NICOLAÏ) . . . Les Veillées de l'Ukraine.
197.   —   Tarass Boulba.
367.   —   Contes et Nouvelles.
 28. GOLDSMITH . . . . . Le Vicaire de Wakefield.
177. GOZLAN (LÉON) . . . . Le Capitaine Maubert.
361.   —   Polydore Marasquin.
363. GRÉBAUVAL (A.) . . . . Le Gabelou.
256. GREYSON (E.) . . . . . Juffer Daadge et Juffer Doortje.
168. GROS (J.) . . . . . . Un Volcan dans les Glaces.
210.   —   L'homme fossile.
297.   —   Les Derniers Peaux-Rouges.
308.   —   Aventures de nos Explorateurs.
 60. GUÉRIN-GINISTY . . . La Fange.
149.   —   Les Rastaquouères.
307. GUICHES (GUSTAVE) . . L'Imprévu.
106. GUILLEMOT (G.) . . . Maman Chautard.
230. GUYOT (YVES) . . . . Un Fou.

Nᵒˢ

348. GYP . . . . Dans l'Train.
108. HAILLY (G. D') . . . . Fleur de Pommier.
157. — Le Prix d'un Sourire
406. — Un cœur d'or.
  9. HALT (Mᵐᵉ ROBERT).. Hist. d'un Petit Homme (ouvr. cour.).
 76. — Brave Garçon.
 91. — La Petite Lazare.
417. — Battu par des Demoiselles.
 68. HAMILTON . . . . . . Mémoire du Chevalier de Grammont.
338. HÉGÉSIPPE MOREAU. . . Le Myosotis.
355. HENNIQUE (LÉON) . . . Benjamin Rozes.
 87. HEPP (A.) . . . . . . L'Amie de Madame Alice.
295. HOFFMANN. . . . . . Contes fantastiques.
 41. HOUSSAYE (ARSÈNE.). . Lucia.
 61. — Madame Trois-Etoiles.
119. — Les Larmes de Jeanne.
142. — La Confession de Caroline.
187. — Julia.
433. — Mlle de La Vallière et Mme de Montespan.
245. HUCHER (F.) . . . . . La Belle Madame Pajol.
407. — OEuvre de Chair.
      HUGO (VICTOR) . . . . La Légende du Beau Pécopin.
 13. JACOLLIOT (L.) . . . . Voyage aux Pays Mystérieux.
 56. — Le Crime du Moulin d'Usor
 67. — Vengeance de Forçats.
200. — Les Chasseurs d'Esclaves.
247. — Voyage sur les rives du Niger.
261. — Voyage au pays des Singes.
445. — Fakirs et Bayadères.
 81. JANIN (JULES) . . . . L'Ane mort.
286. — Contes.
294. — Nouvelles.
 97. JOGAND (M.). . . . . . L'Enfant de la Folle.
405. LACOUR (PAUL) . . . . Le diable au corps.
392. LAFARGUE (FERNAND). . Les Ciseaux d'Or.
408. — Les Amours passent...
443. — La fausse piste.
467. — Fin d'Amour.
315. LA FONTAINE. . . . . Contes.
284. LANO (PIERRE DE) . . . Jules Fabien.
345. LAPAUZE·(HENRY) . . . De Paris au Volga (couronné).
372. LA QUEYSSIE (EUG. DE) . La Femme de Tantale.
133. LAUNAY (A. DE). . . . Mademoiselle Mignon.
278. LAURENT (ALBERT) . . La Bande Michelou.
383. LAVELEYE (E. DE). . . Sigurd et les Eddas.
437. LEMERCIER DE NEUVILLE (L.). Les Pupazzi inédits.
272. LE ROUX (HUGUES) . . L'Attentat Sloughine.
 38. LEROY (CHARLES) . . . Les Tribulations d'un Futur.
144. — Le Capitaine Lorgnegrut.
289. — Un Gendre à l'Essai.

Nos

176. LESSEPS (FERDINAND DE). Les Origines du Canal de Suez.
439. LETTRES GALANTES D'UNE FEMME DE QUALITÉ.
66. LEX . . . . Comment on se marie.
15. LHEUREUX (P.) . . . . P'tit Chéri (Histoire parisienne).
288. — Le Mari de Mlle Gendrin.
185. LOCKROY (ED.) . . . . L'Ile révoltée.
459. LONGFELLOW . . . . . Evangéline.
102. LONGUEVILLE . . . . . L'Art de tirer les Cartes.
16. LONGUS . . . . Daphnis et Chloé.
195. MAEL (PIERRE) . . . . Pilleur d'épaves (mœurs maritimes).
209. — Le Torpilleur 29.
264. — La Bruyère d'Yvonne.
334. — Le Roman de Joël.
33. MAISTRE (X. DE) . . . Voyage autour de ma Chambre.
40. MAIZEROY (RENÉ) . . Souvenirs d'un Officier.
59. — Vava Knoff.
148. — Souvenirs d'un Saint-Cyrien.
159. — La Dernière Croisade.
182. MARGUERITTE (P.) . . La confession posthume.
86. MARTEL (T.) . . . . . La Main aux Dames.
232. — La Parpaillotte.
362. — L'Homme à l'Hermine.
453. — Dona Blanca.
472. — La Tuile d'or.
82. MARY (JULES) . . . . Un coup de Revolver.
173. — Un Mariage de confiance.
243. — Le Boucher de Meudon.
64. MAUPASSANT (GUY DE). L'Héritage.
111. — Histoire d'une Fille de Ferme.
11. MENDÈS (CATULLE) . . Le Roman Rouge.
65. — Monstres parisiens (nouvelle série).
44. — Pour lire au Bain.
94. — Le Cruel Berceau.
114. — Pour lire au Couvent.
154. — Pierre le Véridique, roman.
211. — Jeunes Filles.
196. — Jupe Courte.
204. — Isoline.
250. — L'Art d'Aimer.
266. — L'Enfant amoureux.
388. — Verger-Fleuri.
90. MÉROUVEL (CH.) . . . Caprice des Dames.
110. MÉTÉNIER (OSCAR) . . . La Chair.
270. — La Grâce.
227. — Myrrha-Maria.
321. — La Croix.
170. MEUNIER (V.) . . . . . L'Esprit et le Cœur des Bêtes.
52. MICHELET (MADAME) . . Quand j'étais Petite.
63. MIE D'AGHONNE . . . . L'Écluse des Cadavres.
115. — L'Enfant du Fossé.

Nos

218. MIE D'AGHONNE . . . . Les Aventurières.
118. MOLÈNES (E. DE) . . . Pâlotte.
130. MONSELET (CHARLES). . Les Ruines de Paris.
239. MONTAGNE (ÉD.) . . . La Bohème camelotte.
93. MONTEIL (E.). . . . . Jean des Galères.
370. MONTET (JOSEPH) . . . Le justicier.
135. MONTIFAUD (M. DE) . . Héloïse et Abélard.
338. MOREAU (HÉGÉSIPPE). . Le Myosotis.
304. MOREAU-VAUTHIER (CH.) Les Rapins.
69. MOULIN (MARTIAL). . . Nella.
290.   —   Le Curé Comballuzier.
267. MOULIN (MARTIAL) ET PIERRE LEMONNIER. Aventures de Mathurins.
216 MULLEM (L.) . . . . . Contes d'Amérique.
161. MURGER (HENRI). . . . Le Roman du Capucin.
310. NACLA (VICOMTESSE). . Par le Cœur.
384.   —   Par-ci, par-là.
4. NAPOLÉON Ier. . . . . Allocutions et Proclamations militaires.
309.   —   Messages et Discours politiques.
249. NERVAL (GÉRARD DE). . Les Filles du feu.
333.   —   Aurélia.
199. NEWSKY (P.) . . . . . Le Fauteuil Fatal.
371. NION (FRANÇOIS DE). . L'Usure.
312. NOEL (ÉDOUARD) . . . L'Amoureux de la Morte.
19 NOIR (LOUIS) . . . . . L'Auberge Maudite.
132.   —   La Vénus cuivrée.
205.   —   Un Tueur de Lions.
457.   —   Trésor caché.
465.   —   Au fond de l'abîme.
242. NOIBOT (E.) . . . . . A travers le Fouta-Djallon.
374. PARDIELLAN (P. DE) . . L'implacable service.
265. PAZ (MAXIME). . . . . Trahie.
95. PELLICO (SILVIO) . . . Mes prisons.
385. PELLOUTIER (LÉONCE) . Ma tante Mansfield.
441. PERRAULT (PIERRE) . . L'Amour d'Hervé.
277. PERRET (P.) . . . . . La fin d'un Viveur.
427.   —   Petite Grisel
376. PÉTRARQUE ET LAURE . Lettres de Vaucluse.
226. PEYREBRUNE (G. DE). . Jean Bernard.
393. PICHON (LUDOVIC). . . L'Amant de la Morte.
127. PIGAULT-LEBRUN . . . Monsieur Botte.
73. POÉ (EDGAR) . . . . . Contes extraordinaires.
193. PONT-JEST (R. DE). . . Divorcée.
188. POTHEY (A.) . . . . . La Fève de Saint-Ignace.
160. POUCHKINE. . . . . . Doubrovsky.
274. PRADELS (OCTAVE). . . Les Amours de Bidoche.
378.   —   Le Plan de Nicéphore.
463.   —   Agence matrimoniale.
6. PRÉVOST (L'ABBÉ) . . . Manon Lescaut.
319. RAIMES (GASTON DE). . L'Épave.
316. RATAZZI (Mme) . . . . La Grand'Mère.

Nᵒˢ

236. REIBRACH (J) . . . . La Femme à Pouillot.
258. RENARD (JULES). . . . Le Coureur de Filles.
 35. RÉVILLON (TONY) . . . Le Faubourg Saint-Antoine.
 78.   —   Noémi, La Bataille de la Bourse.
136.   —   L'Exilé.
300.   —   Les Dames de Neufve-Église.
318.   —   Aventure de Guerre.
356. RICHE (DANIEL) . . . Amours de Mâle.
330. RICHEBOURG (ÉMILE). . Le Portrait de Berthe.
353.   —   Sourcils noirs.
 46. RICHEPIN (JEAN). . . . Quatre petits Romans.
 77.   —   Les Morts bizarres.
292. ROCHEFORT (HENRI). . L'Aurore boréale.
354. ROGER-MILÈS . . . . . Pures et impures.
214. ROUSSEIL (Mˡˡᵉ). . . . La Fille d'un Proscrit.
 96. RUDE (MAXIME) . . . . Une Victime de Couvent.
126.   —   Roman d'une Dame d'honneur.
260.   —   Les Princes Tragiques.
395. SABATIER (E.) . . . . Manuel de l'Agriculteur et du Jardinier.
 10. SAINT-PIERRE (B. DE) . Paul et Virginie.
 15. SANDEAU (JULES) . . . Madeleine.
 80. SARCEY (FRANCISQUE) . Le Siège de Paris.
138. SAUNIÈRE (PAUL) . . . Vif-Argent.
150. SCHOLL (AURÉLIEN) . . Peines de cœur.
336.   —   L'Amour d'une Morte.
413. SCOTT (WALTER) . . . Le Nain noir.
415.   —   Le Château périlleux.
175. SÉVIGNÉ (Mᵐᵉ DE) . . Lettres choisies.
 98. SIEBECKER (E.) . . . . Le Baiser d'Odile.
335.   —   Récits héroïques.
404. SIENKIEWICZ (HENRIK). Une idylle dans la Savane.
 47. SILVESTRE (ARMAND). Histoires Joyeuses.
116.   —   Histoires Folâtres.
165.   —   Maïma.
180.   —   Rose de Mai.
283.   —   Histoires gaies.
293.   —   Les Cas difficiles.
306.   —   Les Veillées galantes.
429.   —   Le célèbre Cadet-Bitard.
206. SIRVEN (ALFRED) . . . La Linda.
213.   —   Etiennette.
107. SOUDAN (JEHAN). . . . Histoires américaines (illustrées).
 71. SOULIÉ (FRÉDÉRIC). . Le Lion Amoureux.
246. SPOLL (E. A.) . . . . Le Secret des Villiers.
 20. STAPLEAUX (L.). . . . Le Château de la Rage.
 84. STERNE . . . . Voyage Sentimental.
 39. SWIFT. . . . . Voyages de Gulliver.
 22. TALMEYR (M.) . . . . Le Grisou.
435. THÉO-CRITT . . . . . Le Bataillon des hommes à poil.
  5. THEURIET (ANDRÉ) . . Le Mariage de Gérard.

Nᵒˢ

92. THEURIET (ANDRÉ) . . Lucile Désenclos. — Une Ondine.
281.   —   . . Contes tendres.
469. THIRION (E.). . . . . Mamzelle Misère.
473. TISSOT (VICTOR) . . . Au Berceau des Tzars.
79. TOLSTOÏ . . . . Le Roman du Mariage.
174.   —   La Sonate à Kreutzer.
299.   —   Premiers Souvenirs.
359.   —   A la Hussarde.
377.   —   Napoléon et la Campagne de Russie.
387.   —   Pamphile et Julius.
402.   —   Les Cosaques.
423.   —   Sébastopol (mai et août 1855).
411. TOLSTOÏ ET BONDAREFF. Le Travail.
326. TOPFFER (R.). . . . . La Bibliothèque de mon Oncle
327.   —   Nouvelles genevoises.
83. TOUDOUZE (G.) . . . . Les Cauchemars.
212. TOURGUENEFF (I.). . . Devant la Guillotine.
55.   —   Récits d'un Chasseur.
109.   —   Premier Amour.
461. TRISTAN BERNARD. . . Citoyens, Animaux, Phénomènes.
302. UZANNE (OCTAVE). . . La Bohème du Cœur.
365. VALDÈS (ANDRÉ). . . . A la Dérive.
99. VALLERY-RADOT. . . . Journal d'un Volontaire d'un an (couronné)
25. VAST-RICOUARD . . . . La Sirène.
166.   —   Madame Lavernon.
257.   —   Le Chef de Gare.
341. VAUCAIRE (MAURICE). . Le Danger d'être aimé.
421. VAUDÈRE (JANE DE LA). La Mystérieuse.
269. VAUTIER (CL.) . . . . Femme et Prêtre.
280. VEBER (PIERRE). . . . L'Innocente du Logis.
113. VIALON (P.) . . . . . L'Homme au Chien muet.
369. VIGNÉ D'OCTON (P.). . Mademoiselle Sidonie.
409.   —   Petite Amie.
88. VIGNON (CLAUDE). . . Vertige.
49. VILLIERS DE L'ISLE-ADAM Le Secret de l'Échafaud.
100. VOLTAIRE . . . . . . Zadig — Candide. — Micromégas.
350.   —   L'Ingénu.
      VOULQUIN (G.) . . . . Le Tir.
447. X... (Mᵐᵉ) . . . . . Mémoires d'une Préfète de la 3ᵉ République
273. XANROF . . . . Juju.
275. YVELING RAMBAUD. . Sur le tard.
183. ZACCONE (PIERRE). . . Seuls !
3. ZOLA . . . . Thérèse Raquin.
45.   —   Jacques Damour.
103.   —   Nantas.
122   —   La Fête à Coqueville.
181.   —   Madeleine Férat.
255.   —   Jean Gourdon.
263.   —   Sidoine et Médéric.

Bibliothèque des Arts appliqués aux Métiers

La Science et l'Outil. — L'Éducation manuelle
Collection nouvelle in-8° carré, richement illustrée
Prix de chaque volume, broché, 3 fr. 50. — Reliure artistique, 4 fr. 50

LA DÉCORATION DU CUIR

Sculpture — Modelage — Ciselure — Patinage — Mosaïque par superposition
ENSEIGNEMENT TECHNIQUE DES FORMULES ET TOURS DE MAIN
Par Georges DE RÉCY, amateur praticien
Un volume illustré de 185 planches ou figures

DÉCOR PAR LA PLANTE

L'Ornement et la Végétation. — Théorie décorative et applications industrielles
Par Alfred KELLER
Un volume illustré de 685 dessins exécutés par l'Auteur

DENTELLE ET GUIPURE

Anciennes et Modernes. — Imitations ou Contrefaçons
Par Auguste LEFÉBURE
Un volume in-8° carré, illustré de 260 planches ou figures

HENRY HAVARD

L'Art et le Confort dans la Vie moderne
LE BON VIEUX TEMPS

Un volume in-8°, illustré de nombreuses planches et figures

LA CÉRAMIQUE FRANÇAISE

Décoration et Réparation des Faïences, Porcelaines, Terres cuites, Biscuits
Comment discerner les genres de fabrication
Par Roger PEYRE
Un volume illustré de nombreuses pièces reproduites et de 800 marques

Les Monstres dans l'Art

Êtres humains et animaux, bas-reliefs, rinceaux, fleurons, etc.
Par Edmond VALTON
Accompagnés de 432 planches ou figures

BIBLIOTHÈQUE POUR TOUS

à 75 centimes le volume broché
En jolie reliure spéciale . . . . 1 fr. 25

(Chaque ouvrage est orné de nombreuses figures dans le texte)

C. KLARY

MANUEL DE PHOTOGRAPHIE
POUR LES AMATEURS

Désiré SCRIBE

LE PETIT SECRÉTAIRE PRATIQUE

CHRISTIE et CHAREYRE

L'ARCHITECTE-MAÇON

G. CORNIÉ

MANUEL PRATIQUE ET TECHNIQUE DU VÉLOCIPÈDE

Aristide POUTIER

MANUEL DU MENUISIER-MODELEUR

L. TERRODE

MANUEL DU SERRURIER

BIBLIOTHÈQUE POUR TOUS (*Suite*).

J. VILLARD
MANUEL DU CHAUDRONNIER EN FER

Baron BRISSE
PETITE CUISINE DES FAMILLES

Adhémar de LONGUEVILLE
MANUEL COMPLET DES JEUX DE CARTES
SUIVI DE
L'Art de tirer les cartes

L. C.
NOUVEAU GUIDE POUR SE MARIER
suivi du
Manuel du Parrain et de la Marraine

GAWLIKOWSKI
GUIDE COMPLET DE LA DANSE

E. SABATIER
MANUEL DE L'AGRICULTEUR

E. VIGNES
L'ÉLECTRICITÉ CHEZ SOI

LES PIÈCES A SUCCÈS

Publication illustrée de simili-gravures, tirage de luxe sur papier couché

Prix de chaque fascicule grand in-8°, **60** cent.

La collection des **PIÈCES A SUCCÈS** *ne contient, en effet, que des œuvres qui ont été jouées et qui ont bien mérité leur titre.*
Dans ces Pièces on a pu établir comme une sorte de classement.
Certaines peuvent être représentées **intégralement** *par de très jeunes gens dans des institutions, d'autres dans les salons, etc.*

	Hommes	Femmes
Peuvent être jouées dans les institutions :		
Le Gendarme est sans pitié, par Georges COURTELINE et NONÈS	4	»
Le Sacrement de Judas, par Louis TIERCELIN . . .	4	1
Monsieur Badin, par Georges COURTELINE	3	»
La Soirée Bourgeois, par Félix GALIPAUX	2	1
Le Commissaire est bon enfant, par G. COURTELINE et Jules LÉVY	7	1
Les Oubliettes, par BONIS-CHARANCLE	4	1
Capsule, par Félix GALIPAUX	2	1
Peuvent être jouées dans tous les salons, intégralement ou avec de légères modifications :		
Silvérie, par Alphonse ALLAIS et Tristan BERNARD . .	2	1
Mon Tailleur, par Alfred CAPUS	1	2
Les Affaires Étrangères, par Jules LÉVY	2	3
Le Seul Bandit du Village, par Tristan BERNARD . .	4	2
La Visite, par Daniel RICHE	2	1
La Fortune du Pot, par Jules LÉVY et Léon ABRIC .	2	2
Service du Roi, par Henri PAGAT	3	2
L'Inroulable, par Pierre WOLF	1	2
Conviennent plus spécialement aux théâtres libres :		
Lui, par Oscar MÉTÉNIER	2	2
La Cinquantaine, par Georges COURTELINE	1	1
Le Ménage Rousseau, par Léo TRÉZENIK	1	4
En Famille, par Oscar MÉTÉNIER	3	2

PIÈCES A SUCCÈS (*Suite*)

	Hommes	Femmes
Monsieur Adolphe, par Ern. Vois et Alin Monjardin.	2	2
La Casserole, par Oscar Méténier	8	3
La Revanche de Dupont l'Anguille, par Oscar Méténier (*Prix* 1 fr. 20)	10	3
Une Manille, par Ernest Vois	5	1
Caillette, par H. de Gorsse et Ch. Meyreuil	4	2
Paroles en l'air, par Pierre Veber et L. Abric . . .	5	3
L'Extra-Lucide, par Georges Courteline	1	1
Trop Aimé, par Xanrof	1	1
Le Portrait (1 acte en vers) par Millanvoye et Cressonois	2	2
L'Ami de la Maison, par Pierre Veber	3	2
Les Chaussons de Danse, par Auguste Germain . .	2	2
Dent pour Dent, par H. Kistemaeckers	3	1
Petin, Mouillarbourg et Consorts, par Georges Courteline	7	1
Grandeur et Servitude, par Jules Chancel	5	1
La Berrichonne, par Léo Trézenik	3	3
Un verre d'eau dans une tempête, par L. Schneider et A. Sciama	1	2
L'Affaire Champignon, par G. Courteline et P. Veber.	7	2
Le Pauvre Bougre et le Bon Génie, par Alph. Allais.	2	1
Les Crapauds. La Grenouille, par Léon Abric . .	2	1
Les Cigarettes, par Max Maurey	3	1
Nuit d'été, par Auguste Germain	2	2
La Huche à pain (1 acte en vers), par J. Redelsperger	5	2
Si tu savais, ma chère, par Jules Lévy	1	3
La Grenouille et le Capucin, par Franc-Nohain . .	2	1
Le Coup de Minuit, par H. Delorme et Francis Gally.	2	3
Cher Maître, par Xanrof	3	1
Ceux qu'on trompe, par Grenet-Dancourt	2	2
Un Bain qui chauffe, par Pierre Veber	2	2
Blancheton père et fils, par G. Courteline et P. Veber.	14	4
Un Début dans le monde, par Max Maurey et P. Mathiex	1	5
Pour la Gosse, par Jules Lévy	3	3

Joli emboîtage pour 25 pièces. . . . Prix : 2 fr. 50

Collection Illustrée d'Ouvrages Utiles

Chaque Volume du format in-18, cartonnage élégant. — Prix 3 fr.

ARNOUS DE RIVIÈRE

TRAITÉ POPULAIRE du JEU DE BILLARD

Un volume illustré

J. DYBOWSKI

GUIDE DU JARDINAGE

Un volume illustré

C. KLARY

GUIDE DE L'AMATEUR PHOTOGRAPHE

Avec illustrations. — Un volume

PAUL BICHET

L'ART ET LE BIEN-ÊTRE CHEZ SOI

GUIDE ARTISTIQUE ET PRATIQUE

200 illustrations d'HENRIOT. — *1 Volume.*

LE LIVRE DES JEUX

Dominos, Cartes, Dames, Échecs, Jeux de Société, en plein air, etc.

Nombreuses illustrations d'HENRIOT. — 1 volume

J. SOILLOT

Cours Théorique et Pratique de Comptabilité

1re et 2e parties . . . . 1 volume
3e et 4e parties. . . . . 1 volume

CHARLES DIGUET

GUIDE DU CHASSEUR

Illustrations et portrait par KAUFFMANN. — 1 volume

OUVRAGES UTILES (*suite*)

FISCH-HOOK

LE LIVRE DU PÊCHEUR

Avec nombreuses illustrations. — Un volume.

BARON BRISSE

LA CUISINE

des ménages bourgeois et des petits ménages

Un fort volume in-18 avec de nombreuses figures
et 200 Recettes utiles

LE SECRÉTAIRE

1 volume illustré par HENRIOT

Lettres officielles, lettres de jour de l'an, etc.

Dʳ CAMBOULIVES

L'HOMME et la FEMME A TOUS LES AGES de la VIE

4ᵉ Edition augmentée d'un Chapitre sur la **VIE FUTURE**
Un volume in-18 illustré de 25 figures

CHARLES ET ALEXANDRE DUCHIER

LA LOI POUR TOUS

LE PRÉVOYANT EN AFFAIRES. — Un volume

Y. SAINT-BRIAC

LA CUISINE VÉGÉTARIENNE

Un joli volume in-16 . . . . 2 fr. 50

VICOMTESSE NACLA

DICTIONNAIRE DES 36.000 RECETTES

Un fort volume in-32

DICTIONNAIRE RUSTIQUE ILLUSTRÉ

Un volume in-18

b

COLLECTION DE ROMANS
à 1 fr. 25 le volume

HECTOR MALOT (*60 volumes*)

Le Lieutenant Bonnet. 1 vol.
Suzanne. . . . . 1 —
Miss Clifton. . . . . . 1 —
Clotilde Martory. . . . 1 —
Marichette . . . . . . 2 —
Pompon. . . . . 1 —
Un Curé de province.. 1 —
Un Miracle . . . . . . 1 —
Romain Kalbris. . . . 1 —
La Fille de la Comédienne . . . . 1 —
L'Héritage d'Arthur . . 1 —
Le Colonel Chamberlin. . . . . 1 —
La Marquise de Lucilière . . . . 1 —
Ida et Carmélita. . . . 1 —
Thérèse. . . . . 1 —
Le Mariage de Juliette 1 —
Une Belle-Mère. . . . 1 —
Séduction. . . . . . . 1 —
Paulette. . . . . 1 —
Bon jeune Homme . . 1 —
Comte du Pape . . . . 1 —
Marié par les prêtres. 1 —
Cara. . . . . 1 —
Vices français. . . . . 1 —
Raphaëlle . . . . 1 —
Duchesse d'Arvernes.. 1 —
Corysandre . . . . . . 1 —

Anie. . . . . 1 vol.
Les Millions honteux.. 1 —
Le Docteur Claude. . . 2 —
Le Mari de Charlotte.. 1 —
Conscience . . . . . . 1 —
Justice . . . . 1 —
Les Amants. . . . . . 1 —
Les Époux. . . . . . . 1 —
Les Enfants. . . . . . 1 —
Les Amours de Jacques 1 —
La Petite Sœur . . . . 2 —
Femme d'argent. . . . 1 —
Les Besoigneux. . . . 2 —
Une Bonne Affaire. . . 1 —
Mère . . . . 1 —
Mondaine. . . . . . . 1 —
Un Mariage sous le second Empire . . . . 1 —
La Belle Madame Donis 1 —
Madame Obernin . . . 1 —
Micheline. . . . . . . 1 —
Le Sang bleu . . . . . 1 —
Baccara. . . . . 1 —
Un Beau-Frère . . . . 1 —
Zyte. . . . . 1 —
Ghislaine . . . . 1 —
Mariage riche. . . . . 1 —
Complices. . . . . . . 1 —
Amours de vieux . . . 1 —
Amours de jeunes. . . 1 —

Romans à 1 fr. 25 le Volume (*Suite*)

EUGÈNE SUE (43 volumes)

Les Sept Péchés capitaux. . . . . 5 vol.
Les Mystères de Paris. 4 —
Mathilde (Mémoires d'une jeune femme). . 4 —
Le Juif Errant. . . . . 4 —
Les Misères des Enfants trouvés . . . . . . 4 —
La Coucaratcha. . . . 1 —
La Famille Jouffroy. . 3 —
La Salamandre . . . 1 —
Latréaumont. . . . . . 1 —
La Vigie de Koat Ven. 2 —
Le Commandeur de Malte . . . . 1 —

Le Morne au Diable. . 1 vol.
Les Enfants de l'amour 1 —
Les Mémoires d'un mari 2 —
Les Fils de famille . . 2 —
Deux Histoires (1772-1810) . . . . 1 —
Arthur, journal d'un inconnu. . . . . . . 2 —
Miss Mary. . . . . . . 1 —
Paula Monti. . . . . . 1 —
Plick et Plock. — Atar-Gull. . . . . 1 —
Thérèse Dunoyer . . . 1 —

ALEXIS BOUVIER (54 volumes)

Chochotte. . . . . . . 2 vol.
Les Seins de marbre. . 1 —
La Belle Olga . . . . . 1 —
Les Chansons du peuple 1 —
Mⁱˡᵉ Beaubaiser, sage-femme. . . . . 1 —
Une Femme toute nue. 1 —
Ninie . . . . 1 —
La Petite Baronne . . 1 —
Les Yeux de velours. . 1 —
Les Amours de sang. . 1 —
Le Fils de l'amant. . . 1 —
Veuve et vierge. . . . 1 —
Les Créanciers de l'é-chafaud. . . . . . . 2 —
La Princesse Saltim-banque . . . . 2 —
La Rousse. . . . . . . 1 —
Le Domino rose. . . . 1 —
L'Armée du crime. . . 1 —
Lolo. . . . . 2 —
La Femme du mort. · 2 —
La Grande Iza. . . . . 2 —
Iza, Lolotte et Cⁱᵉ. . . 1 —

Iza-la-Ruine. . . . . . 1 vol.
La Mort d'Iza . . . . . 2 —
La Petite Duchesse . . 2 —
Le Bel Alphonse. . . . 2 —
La Sang brûlé . . . . . 1 —
Les Pauvres. . . . . . 1 —
Le Club des Coquins. . 1 —
Mademoiselle Olympe . 1 —
Les Soldats du déses-poir. . . . . 1 —
Histoire d'une jolie fille (Bayonnette) . . . . . 2 —
La Belle Grêlée . . . . 2 —
Mademoiselle Beau-Sourire . . . . 1 —
Malheur aux pauvres. . 1 —
Le Mariage d'un forçat 1 —
Le Drame de Saint-Cyr (La Bouginotte) . . . 2 —
Étienne Marcel . . . . 1 —
Amour, Misère et Cⁱᵉ. 1 —
Le Mouchard . . . . . 2 —
Le Fils d'Antony . . . 2 —

Capitaine DANRIT

LA GUERRE FATALE
(France-Angleterre)
GRANDE PUBLICATION ILLUSTRÉE PAR L. COUTURIER

I. A BIZERTE. Un beau volume in-8º jésus, illustré :
Prix, broché, **5** fr.
Relié toile, tranches dorées, plaque, **8** fr.
II. EN SOUS-MARIN. Un beau volume in-8º jésus illustré :
Prix broché, **5** fr.
Relié toile, tranches dorées, plaque, **8** fr.
III. EN ANGLETERRE. Un beau volume in-8º jésus illustré :
Prix broché, **5** fr.
Relié toile, tranches dorées, plaque, **8** fr.
Les 3 parties en un seul volume : Prix, relié, **20** fr.

Collection in-18 jésus, à 3 fr. 50 le Volume.

La Guerre de demain. Dessins et couvertures en couleurs de P. de Sémant. (Ouvrage couronné par l'Académie française) :
— *La Guerre de Forteresse* . . . . **2** vol.
— *En Rase Campagne* . . . . **2** vol.
— *En Ballon.* . . . . **2** vol.

La Guerre fatale. — *France-Angleterre*, édition illustrée par L. Couturier et H.-P. Dillon.

— *A Bizerte.* . . . . **1** vol.
— *En sous-marin* . . . . **1** vol.
— *En Angleterre* . . . . **1** vol.

DANRIT et DE PARDIELLAN

Le Journal de guerre du *Lieutenant Von Piefke.* . . . **2** vol.
(Contre-partie de la « Guerre de Forteresse » racontée par un officier allemand.)

Capitaine DANRIT

L'INVASION JAUNE

Grande publication illustrée par G. DUTRIAC,

1re partie : La Mobilisation Sino-Japonaise

1 volume in-8° illustré, *Prix : broché*. **4 50**

Relié toile, plaque, tranches dorées **7 50**

2e partie : A travers l'Europe

1 volume, in-8° illustré, *Prix* **7 50**

Relié toile, plaque, tranches dorées **10 50**

Les deux parties réunies en un volume.

Prix broché . . . . **12** »

Relié toile, plaque, tranches dorées . . . . . **15** »

L'INVASION NOIRE

LA GUERRE AU VINGTIÈME SIÈCLE

GRANDE PUBLICATION, ILLUSTRÉE PAR PAUL DE SÉMANT

1re partie : **Mobilisation Africaine.**

2me partie : **Concentration, Pélerinage à La Mecque.**

3e partie : **A travers l'Europe.**

4me partie : **Autour de Paris.**

Prix de chaque volume grand in-8° jésus: **4 fr.**

Souscription permanente des ouvrages ci-dessus et de
la *Guerre Fatale* in-8° en livraisons à **10** cent. et en séries à **50** cent.

Œuvres d'Alphonse DAUDET

à 3 fr. 50 le Volume

Aventures prodigieuses de Tartarin de Tarascon.
Illustrations de Rossi, Montégut, Myrbach . . . . . .   1 vol.

Tartarin sur les Alpes. Illustrations de Myrbach, Aranda,
Rossi . . . .   1 vol.

Port-Tarascon, Dernières aventures de l'illustre Tartarin.
Illustrations par Bieler, Montégut, Montenard, etc.   1 vol.

Sapho. Édition illustrée par Rossi, Myrbach, etc . . . . .   1 vol.

Jack. Illustrations par Rossi et Myrbach. . . . .   1 vol.

Les Rois en exil. Illustrations de Bieler, Myrbach, etc.   1 vol.

Trente ans de Paris. Illustrations de Montégut, Myrbach,
Rossi, etc . . . .   1 vol.

Souvenirs d'un homme de lettres. Illustrations de
Montégut, Rossi, Bieler, Myrbach, etc. . . . .   1 vol

L'Obstacle, Dessins de Bieler, Gambard, Marold et
Montégut . . . .   1 vol

Rose et Ninette. Frontispice de Marold . . . .   1 vol.

L'Évangéliste. Illustrations de Marold, etc. . . . . . .   1 vol.

Robert Helmont. Illustrations de Picard, etc. . . . . .   1 vol.

Premier voyage, Premier mensonge. Illustrations de
Bigot-Valentin . . . .   1 vol.

La Fédor, Pages de la vie. Illustrations de Fabrès,   1 vol

La petite Paroisse. Illustrations de H.-P. Dillon . . .   1 vol

La Belle-Nivernaise, histoire d'un vieux bateau et de
son équipage. Illustrations de G. Fraipont . . . . . .   1 vol

ŒUVRES

de

Camille FLAMMARION

à 3 fr. 50 le volume

Astronomie des Dames. Illustrations. . . . . 1 vol.
En reliure plaque. . . . . 5 fr.

Les Eruptions volcaniques . . . . 1 vol.

L'inconnu et les Problèmes psychiques . . . . . . 1 vol.

La fin du Monde. Illustrations de J.-P. Laurens,
Rochegrosse, etc. . . . . 1 vol.

Dieu dans la Nature ou le Spiritualisme et le Matéria-
lisme devant la Science. Avec portrait. . . . . . . 1 vol.

Dans le Ciel et sur la Terre. Tableaux et harmonies.
Illustrations de Kauffmann . . . . 1 vol.

La Pluralité des Mondes habités, au point de vue de
l'Astronomie, de la Physiologie et de la Philosophie
naturelle. Avec figures . . . . 1 vol.

Stella, roman . . . . 1 vol.

Uranie. Illustrations de E. Bayard, Bieler, Falero, etc. 1 vol.

Les Mondes imaginaires et les Mondes réels. Revue
des théories humaines sur les habitants des Astres.
Avec figures . . . . 1 vol.

Récits de l'Infini. Lumen. — Histoire d'une Ame. La
vie universelle et éternelle . . . . 1 vol.

Sir Humphry Davy. Les Derniers jours d'un Philosophe,
Entretiens sur la Nature, etc. Traduit de l'anglais. 1 vol.

Mes Voyages aériens. Journal de bord de douze voyages
en ballon, avec plans topographiques. . . . . . . 1 vol.

Ouvrages de la Baronne STAFFE

Publiés dans le format in-18 jésus

Prix du volume broché. **3 fr. 50** — Cartounage spécial, en plus. **0 fr. 50**

ÉDITIONS REVUES, CORRIGÉES ET AUGMENTÉES

Usages du monde. Règles du savoir-vivre dans la Société moderne. — *Naissance.* — *Baptême.* — *Le Mariage.* — *Les Visites.* — *La Conversation.* — *Les Dîners, etc..* . . . . 1 vol.

Le Cabinet de Toilette. — *Agencement.* — *Soins corporels.* — *Conseils et Recettes.* — *Bijoux, etc.* 1 vol.

La Maîtresse de Maison et l'Art de recevoir chez soi. — *L'entrée en ménage.* — *La Femme d'intérieur.* — *Les Secrets de la ménagère, etc.* . . . . . . 1 vol.

Traditions culinaires. — *L'Art de manger toutes choses à table.* . . . . 1 vol.

La Correspondance dans toutes les circonstances de la vie. — *Enfance.* — *Premières amitiés.* — *Fiançailles.* — *Vie conjugale.* — *Vie sociale.* — *Serviteurs.* — *Lettres d'affaires, etc..* . . . . . . 1 vol.

Ouvrages de la Baronne STAFFE (*Suite*)

Mes Secrets. — *Pour plaire et pour être aimée.* 1 vol.

La Femme dans la Famille. — *La Fille.* — *L'Épouse.*
— *La Mère*.. . . . . 1 vol.

Pour augmenter son Bien-être. . . . . . . 1 vol.

Les Hochets féminins. — *Bijoux, Dentelles, Éven-
tails, etc.* . . . . 1 vol.

Les 9 volumes reliés richement, réunis dans un étui
Prix : **45** francs

OUVRAGES DE MADEMOISELLE ROSE

---

100 façons d'accommoder le veau. Un vol. in-16. . . . . . » 75

100 façons de préparer les œufs. Un vol. in-16.. . . . . . » 75

100 — — les pommes de terre. Un vol. in-16. » 75

100 — — les potages. Un vol. in-16 . . . . . » 75

100 — — les entremets sucrés. Un vol. in-16. ʋ 75

100 — — les plats froids. Un vol. in-16 . . . » 75

100 — d'accommoder les restes. Un vol. in-16. . . . . . » 75

100 — de préparer les plats maigres. Un vol. in-16. . . » 75

100 — de préparer les sauces. Un vol. in-16. . . . . . » 75

100 — de préparer le gibier. Un vol. in-16. . . . . . . » 75

100 façons de se guérir (accidents et petites maladies). Un vol.
in-16. . . . . » 75

Émile ANDRÉ

100 COUPS DE JIU-JITSU

1 vol. in-16 illustré. . . . . Prix. **1 fr. 25**

---

100 FAÇONS DE SE DÉFENDRE DANS LA RUE SANS ARMES

1 vol. in-16 illustré . . . . Prix. **75 cent.**

---

100 FAÇONS DE SE DÉFENDRE DANS LA RUE AVEC ARMES

1 vol. in-16 illustré . . . . Prix. **75 cent.**

Baronne STAFFE

INDICATIONS PRATIQUES POUR RÉUSSIR
dans le Monde et dans la Vie

1 vol. in-16 . . . . Prix. **75 cent.**

H.-L.-Alphonse BLANCHON

100 FAÇONS D'AUGMENTER SES REVENUS
pendant ses loisirs

1 vol. in-16 . . . . Prix. **75 cent.**

P.-J. PROUDHON

IDÉE GÉNÉRALE DE LA RÉVOLUTION AU XIXᵉ SIÈCLE

1 vol. in-18 . . . . Prix. **1 fr. 25**

Œuvres de Pierre SALES
à 3 fr. 50 le Volume

Les Rois du Monde :
    Le Roi de l'acier . . . . 1 vol.
    Le Roi de l'or . . . . 1 vol.
Le Secret du bonheur. . . . . 1 vol.
Oiseau de luxe . . . . 1 vol.
Les Habits rouges . . . . 1 vol.
Césarette. . . . . 1 vol.
Le Ruban rouge :
    L'Honneur du Mari . . . . 1 vol.
    Le Rachat de la Femme . . . . 1 vol.
Le Secret du blessé. Illustrations de Rudaux. . . . . 1 vol.
Le Haut du pavé . . . . 1 vol.
Les Madeleines . . . . 1 vol.
Jeanne de Mercœur . . . . 1 vol.
Louise Mornans . . . . 1 vol.
Mariage manqué. Nouvelles . . . . 1 vol.
Le Puits mitoyen. . . . . 1 vol.
Abandonnées . . . . 1 vol.
Une Vipère. — Orphelins ! . . . . 2 vol.
Le Diamant noir . . . . 1 vol.
La Mèche d'or . . . . 1 vol.
La femme endormie . . . . 1 vol.
Un Drame financier. — Robert de Campignac. . . . 2 vol.
Incendiaire ! . . . . 1 vol.
L'Enfant du péché. — Passions de jeunes filles . . . 2 vol.
Fille de prince. — Premier prix d'opéra . . . . . . 2 vol.
Miracle d'amour. — Le petit Charbonnier. . . . . . 2 vol.
La Fée du Guildo. — La Malouine. . . . . 2 vol.
Le Corso rouge. — L'Écuyère . . . . 2 vol.
Chaîne dorée. — Olympe Salverti . . . . 2 vol.
La Course aux Millions. — La Mariquita . . . . . . 2 vol.
Beau Page . . . . 1 vol.
L'Argentier de Milan . . . . 1 vol.

CH. BROSSARD

Géographie Pittoresque et Monumentale
de la FRANCE
et de ses COLONIES

Description du Sol. - Curiosités - Monuments
Cartes des Départements.

Chaque volume renferme 600 gravures dont 160 en couleurs
L'ouvrage tiré sur papier couché, forme six volumes grand in-8°

TOME I
LA FRANCE DU NORD

TOME II
LA FRANCE DE L'OUEST

TOME III
LA FRANCE DE L'EST

TOME IV
LA FRANCE DU SUD-OUEST

TOME V
LA FRANCE DU SUD-EST

TOME VI
COLONIES FRANÇAISES

Prix du volume broché . . . . 25 fr.
En reliure demi-chagrin, plaque . . . . 32 fr.
En reliure amateur, coins . . . . 35 fr.

GÉOGRAPHIE (*suite*)

La publication se vend aussi en séries à 0 fr. 60 et en fascicules régionaux comme il suit :

FRANCE DU NORD

Paris et le Département de la Seine. 4 50
Seine-et-Oise . . . .   2 »
Ile-de-France 6 50
Picardie, Artois et Flandre 6 50
Normandie. . . . .   8 »

FRANCE DE L'OUEST

Bretagne . . . .   10 »
Maine-Anjou. 4 50
Touraine-Orléanais. . . . .   7 »
Berry-Bourbonnais . . . .   4 »

FRANCE DE L'EST

Champagne . . . .   6 »
Lorraine-Belfort 4 50
Franche-Comté.   4 »
Bourgogne. 6 50
Nivernais-Lyonnais. . . . .   5 »

FRANCE DU SUD-OUEST

Le Poitou. . . . .   5 »
Aunis, Saintonge, Angoumois, Limousin . . . .   6 »
Guyenne et Gascogne, I : *Gironde, Dordogne, Lot, Lot-et-Garonne* . . . .   7 »
Guyenne et Gascogne, II, et Béarn : *Tarn-et-Garonne, Aveyron, Landes, Gers, H^tes-Pyrénées, Basses-Pyrénées.*   7 50

FRANCE DU SUD-EST

Roussillon, Comté de Foix . . . .   2 »
Languedoc. 7 50
Auvergne, Marche . . . .   4 »
Savoie, Dauphiné. 4 50
Littoral méditerranéen : *Provence, Nice, Avignon* 6 50
Corse 1 50

GÉOGRAPHIE (*suite*)

COLONIES FRANÇAISES

Algérie.	5 »
Tunisie.	2 »
Maroc	2 »
Afrique occidentale française.	4 »
Madagascar, Réunion, etc	2 50
Colonies d'Asie.	6 »
Colonies d'Amérique	2 50
Colonies d'Océanie	1 50

*L'OUVRAGE SE VEND ÉGALEMENT PAR DÉPARTEMENT,
AVEC CARTE SPÉCIALE*

1re Série à 0 fr. 75

Alpes (Basses).	Cantal.
Alpes (Hautes).	Creuse.
Ardèche.	Lozère.
Ariège.	Savoie.
Belfort (Territoire de).	Savoie (Haute).

2me Série à 1 fr. 35

Ain.	Drôme.
Aisne.	Eure.
Allier.	Eure-et-Loir.
Alpes-Maritimes.	Gard.
Ardennes.	Garonne (Haute).
Aude.	Gers.
Aveyron.	Hérault.
Charente.	Indre.
Cher.	Isère.
Corrèze.	Jura.
Corse.	Landes.
Doubs.	Loire.

GÉOGRAPHIE (*suite et fin*)

2ᵐᵉ Série à 1 fr. 35 (*Suite*)

Loire (Haute).
Lot.
Lot-et-Garonne.
Manche.   •
Marne.
Marne (Haute).
Mayenne.
Meurthe-et-Moselle.
Meuse.
Nièvre.
Oise.
Orne.
Puy-de-Dôme.

Pyrénées (Basses).
Pyrénées (Hautes).
Pyrénées-Orientales.
Saône-et-Loire.
Saône (Haute).
Sarthe.
Tarn.
Tarn-et-Garonne.
Var.
Vaucluse.
Vendée.
Vienne (Haute).
Vosges.

3ᵐᵉ Série à 1 fr. 95

Aube.
Bouches-du-Rhône.
Calvados.
Charente-Inférieure.
Côte-d'Or.
Côtes-du-Nord.
Deux-Sèvres.
Dordogne.
Finistère.
Ille-et-Vilaine.
Indre-et-Loire.

Loiret.
Loir-et-Cher.
Maine-et-Loire.
Morbihan.
Pas-de-Calais.
Seine-et-Marne.
Seine-et-Oise.
Somme.
Vienne.
Yonne.

4ᵐᵉ Série à 2 fr. 50

Gironde.
Loire-Inférieure.
Nord.

Rhône.
Seine-Inférieure.

Le Bon Journal .s

paraissant tous les Dimanches

MAGAZINE ILLUSTRÉ à **15** centin .ol.

NOUVELLE SÉRIE

PARIS, DÉPARTEMENTS, ALGÉRIE et TUNISIE. Six mois : **4** fr. **50**. — Un an : **8** fr.

ÉTRANGER, UNION POSTALE. . . . . . . Six mois : **7** fr. -- Un an : **13** fr.

ADMINISTRATION ET RÉDACTION :

PARIS 26, *Rue Racine, 26* *PARIS*

EN VENTE :

A PARIS, dans tous les kiosques et chez tous les m. chands de journaux. — **EN PROVINCE,** chez i libraires et marchands de journaux et dans toute les gares de chemins de fer.

LE BON JOURNAL est le seul **Magazine** illustré 15 centimes, 40 pages de texte avec nombreuses illus trations, romans des meilleurs écrivains français, toute les actualités de la mode, du théâtre, des sciences, de arts, du sport, etc.

Primes remboursant intégralement à tous les abonné le montant de l'abonnement. Grands concours d'actua lités dotés de nombreux prix importants.

LE BON JOURNAL ne publie que des romans que tout le monde peut lire ; *c'est le journal de la famille par excellence.*

Envoi franco, sur demande, de numéros spécimen.

www.ingramcontent.com/pod-product-compliance
Lightning Source LLC
Chambersburg PA
CBHW071821020726
47502CB00004B/1192